СОСЛАН В ТЕРЛУЮ СИБИРЬ

流放在
温暖的西伯利亚

但愿我的道路漫长

范行军 —— 著

孔 宁 —— 图

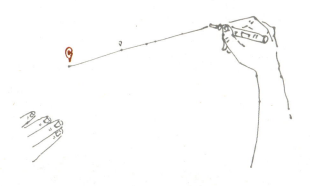

辽宁人民出版社

图书在版编目（CIP）数据

流放在温暖的西伯利亚：但愿我的道路漫长 / 范行军著. —沈阳：辽宁人民出版社，2022.2
（"思·行天下"系列）
ISBN 978-7-205-10328-6

Ⅰ.①流… Ⅱ.①范… Ⅲ.①随笔—作品集—中国—当代 Ⅳ.①I267.1

中国版本图书馆 CIP 数据核字（2021）第 233789 号

策划人：孔宁

出版发行：辽宁人民出版社
　　　　　地址：沈阳市和平区十一纬路 25 号　邮编：110003
　　　　　电话：024-23284321（邮　购）　024-23284324（发行部）
　　　　　传真：024-23284191（发行部）　024-23284304（办公室）
　　　　　http://www.lnpph.com.cn
印　　刷：辽宁新华印务有限公司
幅面尺寸：145mm×210mm
印　　张：6
字　　数：120千字
出版时间：2022 年 2 月第 1 版
印刷时间：2022 年 2 月第 1 次印刷
责任编辑：阎伟萍　孙　雯
装帧设计：留白文化
责任校对：冯　莹
书　　号：ISBN 978-7-205-10328-6
定　　价：58.00元

当我谈论俄罗斯时，我谈论的是自己

p r e f a c e

　　一个雨天，我把《流放在温暖的西伯利亚》的所有文字和图片，交给了出版社（俄罗斯旅行文化随笔系列的第一部《伏尔加河从灵魂里流过》，第三部《遥远的狄康卡近乡》……）。之后，打着伞，走在雨中，回想三年两去之行程、六年三十多万字时断时续之写作，觉得有些话还是在前面说一说的好。也算是序吧。

　　在第一部开篇《没有一道门可以轻易地被打开，但是》结尾，我说："走出来，就是打开了一道门。而我，时刻愿是一本不安之书，一缕清风就可以翻开。"

　　现在，翻回过去。

　　我的少年时代离不开两本小人书：奥斯特洛夫斯基的《钢铁是怎样炼成的》，上下两册。我的文学启蒙则是三本小人书：高尔基的《童年》《在人间》《我的大学》。我从保尔身上学到勇敢，冬妮亚让我体味初恋，高尔基教我阅读、热爱人间、沉思苦难，向往月夜之下的伏尔加河。再后来，克拉姆斯柯依的《月夜》，让我现在写的小说里，清丽的女子都穿白色的裙子，而列宾《伏尔加河上的纤夫》使得我迷上绘画，美梦绵延。再再后来，普希金、果戈理、陀思妥耶夫斯基、托尔斯泰、柴可夫斯基、希施金、勃洛克……他们的诗、小说、音乐、绘画，构成了我的又一个故乡。

　　故乡，是要回的。

　　2015年8月的一个傍晚，我踏上了这片土地，低哼《莫斯科郊外的晚上》。翌日，四个多小时的车程来到了图拉州的雅斯纳亚·波良纳——这片"明媚的林间空地"，面对绿草丛中"世界上最美的墓地"，跪下来。这虔诚不为一人，而是对所热爱的精神家园之朝拜。

　　我从托尔斯泰身边的林间空地带走一瓶土（出关时险些搞出一场事故）；我在新圣女公墓靠着意念找到奥斯特洛夫斯基；我坐在红场冥想彼得大帝骑马而过；我在克里姆林宫看到普希金沉重的背影；我在十二月党人广场轻抚青青绿草；我在彼得保罗要塞撩起凉凉的涅瓦河水；我在果戈理的"涅瓦大街"想与陀思妥耶夫斯基的"地下室人"撞在一起；我在波罗的海岸边感受从芬兰那边吹来的风；我从圣彼

得堡带回一本俄文版的《樱桃园》……

问题随之而来，体现在写出的十九篇随笔上：走的还不多，看的还不细，想的还不深。我不再往下写了。我又开始阅读。重读、新读了一百多部有关俄罗斯的历史、哲学、文化、小说、诗歌、传记等。我用三年时间，为重返俄罗斯做了思想准备。

2018年，还是8月，再次动身。

北京，拂晓前，飞机起飞，在叶卡捷琳娜堡短停，直飞圣彼得堡。在此，做了一次重要寻访，到芬兰湾昔日的库奥卡拉——列宾庄园。离开这座城市，乘坐高铁到特维尔，再转车至克林，探访柴可夫斯基故居，又坐上一列绿皮老爷火车到了莫斯科。再之后，飞抵克里米亚半岛的辛菲罗波尔，凌晨两点坐上出租车南奔雅尔塔，就为看契诃夫的故居。三天后西行塞瓦斯托波尔，追寻托尔斯泰参加克里米亚保卫战的足迹。再回辛菲罗波尔是在傍晚，又连夜飞往新西伯利亚，清晨落地，进城领略俄罗斯的第三大城市。此行，寻访了十多位作家、诗人、画家、音乐家的故居，探寻了六大公墓，在两大美术馆徜徉，站在雅尔塔"三巨头聚会"的现场，目送塞瓦斯托波尔"沉船纪念碑"的落日余晖。

行程两万多公里。

对了，这还没算上我跃入黑海奋力畅游的长度。对我来说，它很长。

从岸——到海。

其实，每一次行走，都是从岸——到海——再回到岸。

我在故居之间行走。我感觉，就像回到了熟悉的老房子，记忆可摸。在阿赫玛托娃的家，我靠近诗人，破旧的马灯再次点燃。我从一只有裂纹的碗、一条白色的披肩、一把破旧的椅子，沉思那些诗的诞生。

我在特列恰柯夫美术馆、普希金造型艺术博物馆、冬宫博物馆、圣彼得堡国家博物馆之间行走。行走，在绚烂与眼泪之间，在高大与卑微之间，在风云变幻与静水流深之间。美在高处，在心灵的近处。

一切都不寻常，一切都不一样——我默念着帕斯捷尔纳克的文字，在墓地之间行走。语言、色彩、旋律，会在墓地灵光闪现，彰显超然的神秘之力。两去新圣女公墓，先后拜谒沃尔科沃公墓、涅夫斯基修道院两大公墓、瓦甘科夫公墓……每次，都令内心宁静。在列维坦墓地，更能理解《墓地上空》的压抑和隐忍；在勃洛克墓地，比以往更懂得了：比水更静／比草更低。

流放在 温暖的
西伯利亚

我晓得，不论怎样热爱诗人的诗、画家的画，也不可能成为诗人和艺术家，但这不重要。重要的是，去遇见苦难和梦想，遇见坎坷和诗意，遇见命运和光荣，遇见他们，就是靠近人生。从而，认知愈加丰富的世界。丰富，包括着不完美。正是不完美，让我每每急坠之下，得以抓住飞升的翅膀。站在波罗的海岸边，我想起波兰诗人扎加耶夫斯基"尝试赞美这残缺的世界"，看淡了一路的不顺。我习惯了在尘埃里找到精灵。

我卑微，故尊高尚。

每次行走，都能与善良相遇。在莫斯科的一个机场，有过被人为滞留十三个小时的无奈，更多的是得到帮助：凌晨两点从辛菲罗波尔坐上出租车赶往雅尔塔，司机全程无话，专注驾驶，却费时半个小时直到叫开酒店的大门方离开；还在雅尔塔，一个长相酷似普京的戴着墨镜的男人，带路二十分钟后转身远去，留下他握手的力度；在柴可夫斯基故居，当我要求还听一遍《船歌》时，乐曲便在老柴的钢琴旁再度响起；而在列宾故居，我紧紧拥抱了馆员大妈后，被允许随便拍照——哦拥抱，世上最美、最温暖的通行证。

行走的不确定性，带来的乐趣、惊险、意外乃至后怕，令人难以忘怀。在圣彼得堡，有一天走了三万多步，夜里十一点多又写日记，圆珠笔都支撑不住要合上的眼皮，第二天早起补写，一股浓烈的烧焦的味道伴着黑烟差点引发报警器，原来我将电水壶放在燃气灶上点着了火。哦，正是不确定性，才确保了可能性的无限广大，其中的迷途即是诗意。哈哈，也有笑话。

行走的遗憾，更是行走的魅感。在圣彼得堡，错过了纳博科夫故居和他的蝴蝶；在塞瓦斯托波尔，与俄罗斯庞贝城——希腊古遗址赫尔松涅斯失之交臂；最后一站，没能走进新西伯利亚美术馆……正是遗憾，驱动了再次行走，都当最后一次，且宽宏以待，对人，对事，对过往。何必对部分生活而遗憾，君不见全部人生都多苦多难。

行走，是对自己的善待。

两次行走俄罗斯，三万多公里行程，自己越来越像自己想成为的样子。而那伏尔加河一如既往地激流澎湃，牵动着我走得更远，又且以空杯，默对繁华。

借卡瓦菲斯《伊萨卡岛》中的诗句，结束亦开始：但愿我的旅途漫长。

2021 年 4 月于沈阳

目 录

c o n t e n t s

屠格涅夫：没有窝的飞鸟终在故土安息

一、我整个晚上都在想念您

2018 年 8 月 3 日，抵达圣彼得堡的第二天，早起，拉开窗帘，天色晴朗，空气要比北京清凉好多。冲淋浴，换上一身干爽的短打，烧水煮面，在开放式厨房转来转去，感觉就在家里，心情甚好，昨日的疲惫也就不见了。与三年前同在 8 月来到这里最大的不同，就是不再住酒店了，那次只要不出行，仿佛就在国内某个旅游旺季的城市，大堂、走廊、电梯上，全说不同口音的汉语，而在餐厅，总能看到乱哄哄如同大食堂的景象。这一次，我和独立出版人孔宁选择了民宿，就在"干草市场"地铁站西边不远，令人联想是与陀思妥耶夫斯基《罪与罚》的人物是邻居。

>作者在格林卡纪念碑前留影

昨晚，我们出门向北边走了

走，走过莫伊卡运河，曲里拐弯的，遇见了格林卡[1]和科萨科夫[2]。夕阳西下，又为马林斯基剧院的绿色增添了一抹耀眼之光。这座剧院的前世，是1783年叶卡捷琳娜大帝下令建造的一座皇家歌剧和芭蕾舞剧院，好事多磨，曾经的大剧院、马戏院在灰飞烟灭后得以重建，1860年10月新剧院启用，且以当时皇后的名字命名：马林斯基剧院。2003年，老剧院翻新，新剧院再度建造，这舞台和剧目的淡入淡出，就到了眼下。眼下，隔路相看，还是无法抹去昔日的辉煌，1862年威尔第《命运的力量》在此公演，作曲家亲临现场，还有格林卡、穆索尔斯基、柴可夫斯基的歌剧，《天鹅湖》就是1895年在这里首演的。哦，《天鹅湖》，与三年前一样又只能幻想了。除此之外，我还幻想：屠格涅夫[3]要是在这里为波林娜·维亚尔多[4]夫人疯狂，就有趣了——1843年10月的彼得堡，寒意中波动着的一股狂热——维亚尔多夫人，这个法国歌唱家的名字红得发紫，为一睹她的风采，很多大学生竟然穿过尚未结成厚冰的涅瓦河到剧院去。也难怪，这位歌唱家之父乃是著名的西班牙男高音歌唱家，姐姐也是歌剧名伶，可惜红颜早逝，而她在少女时代就被李斯特、肖邦等名家看好，20岁时嫁给四十不惑的路易·维亚尔多，牵线人竟是乔治·桑[5]。总之，她穿梭于众多名流之中，又能脱颖而出，而这些大家慧眼识珠，并不在意她的面容不佳——有人直言不讳称其丑，还驼背。诗人海涅倒是浪漫，形容她是"狰狞的异国风景线"。俄国的一位诗人倒是比较写实，"在大街上，她即使从眼神最好的色鬼身边走过一千次，都不会被他注意到"。然而，22日晚所有荣耀都要为她一人独享，她一亮相，歌魅四座。意气风发的25岁的屠格涅夫当场即

---

1. 格林卡（1804—1857）：俄罗斯乐坛巨擘，也是世界乐坛上的音乐大师。
2. 科萨科夫（1844—1908）：俄罗斯著名作曲家，音乐史上"五人强力集团"之一。
3. 屠格涅夫（1818—1883）：俄罗斯著名作家，代表作有《猎人笔记》《罗亭》《父与子》等。
4. 波林娜·维亚尔多（1821—1910）：法国著名歌唱家、音乐教育家和作曲家。
5. 乔治·桑（1804—1876）：法国著名小说家，代表作有《安蒂亚娜》《木工小史》等。

流放在 温暖的西伯利亚

被歌声所俘，连夜记下激动人心的一刻："波林娜还没有结束自己的咏叹调，这里已如洪水决堤一般。巨浪奔腾，一场我闻所未闻、见所未见的风暴席卷全场……"

自此，屠格涅夫开始了40多年的追随，从涅瓦河到塞纳河，晓风残月，左岸香颂，直至最后死在这个女人的怀里。

>波林娜·维亚尔多

屠格涅夫一下子就陷入了情网，整个彼得堡人都瞧出来了。我不用闭眼都能想象得出，在剧场，这位英俊青年过于热烈的掌声每天是如何扰乱了观众的视听。他还到处张扬对女歌唱家的爱情，絮絮叨叨的。他头疼得厉害，她为他的额头擦了点花露水他都觉得幸福得不得了，跑到朋友家中，也不顾别林斯基等几个人正在打牌，大谈特谈，搞得别林斯基牌运极差，输了钱对他发脾气："得了吧，像您这种说得天花乱坠的爱情，谁能相信呢？"到了1844年春天，他就开始给歌唱家写信——这500多封信中的第一封——有点絮叨，主旨甚清楚："我们这种饥饿的人只能以回忆为生。……请允许我像以前一样握你的手。"之后，又发信倾诉，"我总是孤身一人，我将永远孤单"，同时抱怨"仁慈的夫人，……您一个字也没给我写，这是非常残忍的"。他决定去见她，从彼得堡追到巴黎，在维亚尔多夫人的庄园旁边盖了一处房子住下来。那些日子里，他密切关注、收集她在各地的演出情况，几乎每天都给她写信，"我整个晚上都在想念您，可我什么时候不想念您呢"。面对屠格涅夫的狂热，不能说维亚尔多夫人对屠格涅夫不起波澜，只是感情平缓，或者比较"精明"吧。总的来说，男人方寸大乱，女方收放自如。她似乎并不看好屠格涅夫的热情。这一阶段，她给他的信，大多是回信，且以与丈夫两人的名义：一封信上，两人前后分别对屠格涅夫说话。这样，或许是让丈夫放心：她与这个男人纯属友情。

华灯初上了，我们告别马林斯基剧院，快到民宿时进了一家哈萨克斯坦风味的餐馆，要说这是一次印象深刻的晚餐，那就是硕大的一个鸡腿被我风卷残云般下肚，竟不解何滋味。饭后，又到一家超市买了鸡蛋、香肠和纯净水，充分享受了自由行的随意、宽松和自主。

此刻，面煮好了，对了，碗面是宁宁从沈阳带来的。味道总是家乡的好啊。

今天上午，我们要去探寻沃尔科沃公墓，那里安葬着众多举世闻名的思想家、科学家、作家、诗人和艺术家。

我想告诉《猎人笔记》之父：敬你所爱，更爱"白净草原"。

我想对《美妇人集》的作者说，我铭记：比水更静，比草更低。

二、像一只没有窝的飞鸟

《猎人笔记》是我的案头书。如果让我选出最喜欢的十部短篇小说集，有它，选出五部，有它，选出三部，还会有它。也许是因为在作家多情之列，屠格涅夫更为长情，在我这儿，为其作品加了分。

我和宁宁说，很想到奥廖尔的屠格涅夫故居看一看，在那里也许可以帮我解开这个 1818 年出生的贵族子弟，为何放着好好的庄园不待，常年飘在国外。当然，不是不可以从小说《木木》中看出，他不敬爱母亲。小说中的主人公格拉西姆是个哑巴，这个身材魁梧、敦厚善良的汉子，原型就是庄园里的一位农奴，他最后被迫溺死自己心爱的小狗"木木"，毅然离开，返回家乡，令人难以忘怀，而冷酷无情的女庄园主的身上，无疑带着作家母亲的影子。有人说，倘若她在复活节前的星期日早晨起来时情绪恶劣，便会命令所属的二十个村庄里所有的教堂都不许敲钟。这也难怪，作家在母亲去世后的 1852 年才完成这篇作品。

1850 年，屠格涅夫回国料理家事。这一年他的母亲去世了，好多

流放在 温暖的 西伯利亚

事务应接不暇，他又不善管理，苦恼之余就向维亚尔多夫人倾诉，可见他对她的信赖，"如果可以，我愿意把我的一生都奉献给您，随您处置，就像做馅饼、披萨时揉面那样也无所谓"。他尽情抒发思念之情："在这残忍的分别中，只有一样是好的，那就是我觉得我对您的依恋越来越强烈……"要用当今时髦的话说，屠格涅夫可谓当之无愧的"舔狗"。维亚尔多夫人依然理智，"可怜的朋友，……我该如何知道你在

>屠格涅夫庄园，俄罗斯奥廖尔

做什么，如何追随您的目光"。她还是与丈夫一起给他回信。这年的11 月以后，作家信中有一个显著变化，称谓上更亲昵，也更大胆："我最宝贵、最珍爱的朋友"；"我最珍贵的、最爱的、最好的朋友，上午好，吻你美丽的双手"；"最宝贵、最心爱的女友"。我觉得，这与维亚尔多夫人同意了他把女儿送到她身边，让其帮助求学和教导密切相关，这让他更加深信，她是值得自己毫无保留地去深爱的。

　　我读契诃夫的情书，总会笑出声来，他写得有趣，屠格涅夫就总是一往情深，我特意买了一本《屠格涅夫全集·书信卷》来读，那感情，心碎了一地呀：

>屠格涅夫雕像，俄罗斯奥廖尔

在世上我找不到比您更好的人了，在我人生旅途中与您相遇是我一生中最大的幸福，我对您的忠实与感激之情是至死永无止境的。……我的上帝呀！我愿做一张地毯，一生都铺在您美丽可爱的、我要吻上千次的你的脚下。……我的整个身心都属于您，而且永远属于您。

从此，这个男人就经常"扑到"那个女人的脚下，"吻它们了，千百次地吻它们。永远、永远"。

1853年，屠格涅夫与维亚尔多夫人再次见面。前一年，果戈理在莫斯科去世，屠格涅夫因为写了篇悼念文章，竟让沙皇勃然大怒，令作家过了一个月的铁窗生活，后来又被遣返原籍斯帕斯科村。偏偏这个时候，令他朝思暮想的女歌唱家来到彼得堡，后来又到了莫斯科。他激情难抑，遂用一张假护照离开住地到莫斯科与她私会。于是，当1855年两人再次见面，感情便发生了质变。托尔斯泰在巴黎见到屠格涅夫后深感意外："我绝没想到他会这么深挚地在爱着。"这话不错。在爱女人方面，屠格涅夫绝对是托尔斯泰的老师。

1857年6月，维亚尔多夫人生了儿子伯尔·维亚尔多。屠格涅夫发信一封，显得异常亢奋，开篇就好几个"乌拉"，之后是"小伯尔万岁！他的母亲万岁！他的父亲万岁"——甭说那些八卦者看到这封信，会百分之百地确信伯尔是屠格涅夫的儿子，我都有点信了。在此，就不抄录太多那封信了。

1862年，维亚尔多一家在德国旅游胜地巴登－巴登买了一栋别

流放在 温暖的 西伯利亚

墅，屠格涅夫像以前一样，又在旁边建了自己的房子。在外人看来，这简直不可思议。更不可思议的是，那一家子人，就不说女主人了，从丈夫到孩子再到孩子的外婆，都极其喜欢这个邻居。外人还是闭嘴吧。这一时期，两人只要分开，就书信传情，无所不谈。但，有一个细节请注意：维亚尔多夫人写给屠格涅夫的信上，很少再给丈夫留有空间了。

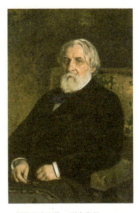

>屠格涅夫画像，列宾作品

　　1874年，维亚尔多一家卖掉了这所房子，和屠格涅夫一起在巴黎不远的一个小地方布日瓦勒，买了一栋小别墅，于是乎作家干脆就和这户人家住在了一起。这次，别人可以不信，我绝对百分之百地确信了：屠格涅夫再一次成为漂泊的人，永远不在自己的家，而在别人的家，像一只没有窝的飞鸟。

　　这之后，两人的情书渐少，一是分开的日子少了，二是都已年过半百，激情不似壮年。在屠格涅夫这一边，少见了"我最亲爱的女友"等热烈的表达，含情脉脉而平和；倒是维亚尔多夫人这一边，看似平淡了，倒比以前多了许多温情。也许是她的丈夫年老体衰，她只能在屠格涅夫的身上找到纯粹的爱恋；也许看出屠格涅夫在俄国老来得宠，依然吸引着好多年轻女郎的爱慕，有些忐忑不安吧。

　　她的信透露了这种心态，还是摘录一点——

　　1879年3月13日在巴黎："天哪，再次见到您该是多么的幸福！您永远无力摆脱您身边

>波林娜·维亚尔多雕像，德国巴登-巴登

那些风风火火、热情洋溢的年轻人！您根本不提回来的事了！……为什么我不是一只小鸟？无限的温柔送给您。"

1879 年 5 月 2 日在魏玛："总的说来，我发现您特别懒得搭理我。……万千柔情送给所有人，就是说，也送给您。"

1881 年 4 月 27 日在巴黎："您看见了很多别的人，但他们全算上，没有一个人对您的感情能抵得上您最老，但最忠诚的女友对您全部感情的千分之一。"

1881 年 7 月 20 日在布日瓦勒："放心，今天她不会亲吻你，但还像以前那样爱您。"

1883 年屠格涅夫病倒了，不免思乡。6 月末，他在布日瓦勒给在雅斯纳亚·波良纳庄园[1]的托尔斯泰写信："我过去和现在——直说吧——都处在生死边缘。……我已是没有生望的人了，甚至连医生也弄不清生了什么病，……让我再一次紧紧地、紧紧地拥抱您、您的妻子、您的全家。我不能再写下去了，我太累了。"

1883 年 9 月 22 日，屠格涅夫于布日瓦勒去世。

他死在了深爱的女人怀里。

他留下遗嘱，其中就有：除了自己的家族领地，所有财产都留给维亚尔多夫人（包括所有著作的版权）。

三、你不比一颗星暗，不比一棵树低

从"干草市场"地铁站坐 5 号线，向南，3 站，出站正对沃尔科沃大街。马路对面是一大片树林，一条不宽的小河隔开了树林和路。

---

1. 雅斯纳亚·波良纳庄园：位于俄罗斯的图拉州，"雅斯纳亚·波良纳"中文意是"明媚的林间空地"。1928 年 9 月 9 日，托尔斯泰在此出生，19 岁时继承了这块土地。他在这里生活了将近 60 年，创作了《战争与和平》《安娜·卡列尼娜》等作品。距作家故居 1.5 公里的森林里，安葬着他的遗体，墓地不设墓碑，被誉为"世界上最美的墓地"。

流放在 温暖的 西伯利亚

顺着马路向东走，前面会出现一座桥，过桥，不远，就是沃尔科沃公墓——在路上，攻略比真理管用。

走不多远，看到路边有两棵醋栗。这一植物在很多俄罗斯文学作品中出现，但它成为俄罗斯对外宣传的"著名植物"，首功当推契诃夫的小说《醋栗》。它，圆圆的，比黄豆大一点，在绿叶下不卑不亢地红着。我闻了闻，摘下一粒放在嘴里，微甜，带一点酸。这时听到身后传来一声"哈喽"，心想，坏了，我的行为是不是属于乱摘花果呀。回头一看，不是警察，也不是戴着胳膊箍的大妈，是一个30岁左右的年轻人，个子不高，脸色白皙，略微有些腼腆。我喊了一声走在前面的宁宁，让他与这位年轻人对话。两人用英语聊了起来。自然，我一句听不懂。但从他们聊的开心劲，可以放心了，宁宁向他介绍了我：一个作家。我脸一定比醋栗还要红——在圣彼得堡，一个作家的前面有太多伟大的作家和诗人了。到了前面的岔路口，小伙子和我们"拜拜"了。

宁宁说，这个小伙子是俄罗斯内务部的，正在休假，特别喜欢到街上与外国游客聊聊天。这倒是实情，俄罗斯人中懂英语的不多，骨子里也没瞧得上英语。第一次来俄罗斯时，宁宁和一个人讲英语，人家很不悦，说别跟我说英语，我会汉语。哈哈。在俄罗斯，尤其是圣彼得堡，贵族血统的前辈的前辈们，以会讲法语为荣。作家谢德林[1]回忆19世纪40年代的俄罗斯，精神上"都是法国的居民"。另一位忘了叫何大名的史学家好像也说过类似的话，"欧洲自然不仅是一个地名，而是心灵之乡"。在很多贵族家庭，母语受到忽略，很多小孩子的俄语老师都是仆人，说俄语是要受到惩罚的。读过托尔斯泰的自传体小说《童年》就知道，他的家庭老师是一位严厉的德意志人，而屠格涅夫的家庭教师来自法国和德意志，他能用俄语阅读和创作，绝对是父亲的一个男仆的

1.谢德林（1826—1889）：俄罗斯著名作家，1856至1862年间，在梁赞省、特维尔省任副省长，后辞职，于1863年参加《现代人》和《祖国纪事》编辑工作，代表作有《一个城市的历史》等。

功劳。法国在俄罗斯贵族中失去崇高的地位，始自1789年的法国大革命，一时间，俄罗斯的贵族们不再喝香槟和拉菲，改喝克瓦斯和伏特加，白菜汤取代了法式的高级料理。但法语，还是贵族语言。

我们继续向东走，过一条马路，就见对面树林边上立着一座高大的雕像，伸出双手，安抚众生。我敢断言，这个雕像此前看过，却无法想起在哪里。再往里看，好大一片墓地。又向前走了三四百米，从右边的门进去，里面全是墓碑。有的高大，墓碑前干干净净，有鲜花，有的墓碑倾斜了，陷在草丛里。很多条小道通向更深处的墓碑。树叶把阳光筛下来，轻轻晃动着，更显寂静。这时，一个修理工推着小车从外面进来，我们向他寻路，给他看屠格涅夫的照片。他摇摇头。这里不是我们要找的墓地，而是纪念二战时列宁格勒被围困的死难者公墓。我们静默了片刻离开了。

还是往东，不远，就见到一幢红砖建筑，非常壮观，应该是这条大街上的地标了，它对面就是桥。我们走过桥，在路的右侧向北走。

>二战死难者公墓纪念碑（范行军摄）

路上没树，太阳照在背上不是暖暖的，而是热热的，边走边打开旅行杯喝了一点水，再看马路对面的树林，隐约可见一个个墓碑，可还是看不到门。直到走到了树林尽头，路西出现一个小广场，停着一些车，往左看，才见100多米处有个门。穿过马路走到门口时，我们认定，这里就是沃尔科沃公墓了。来的路上已经看到了这个公墓之大，在里面要找一个墓地，不啻大海捞针。所

流放在 温暖的
西伯利亚

以，一走进去见到人就拿出手机，亮出屠格涅夫，一个知识分子模样的中年人果断地往南边指了指。看来，那条著名的"文学家小路"，不远了。

>在路上，作者朋友孔宁（范行军摄）

就在这时，看到一个指示牌，认出上面标注的是"勃洛克"，就向东面走，走过一个个墓碑，看到一个墓碑上刻着生卒年：1880—1921，确定来到了诗人的墓地。他生得高高大大，墓碑却修长清瘦，黑色大理石面镌刻着他的侧面像，年轻，孤傲，在树荫下好像在聆听远方的风声。1965年9月的一天，阿赫玛托娃[1]回忆了那个悲痛的日子："棺材里躺着一个人，我从未见过。有人告诉我，那是勃洛克。"那天，整个彼得格勒的人都在安葬诗人，而"教堂里举行安魂日祷时，参加者比复活节的晨祷人数还多"。

离开诗人的墓地向南，慢慢地，看到一条小路，常有人走的，路面没有一棵青草，隐约感到走在了"文学家小路"了。这条路在墓地间算是宽的了，约有2米吧，土路，覆有少许的沙粒，不像叶卡捷琳娜宫和十二月党人广场上的路，沙子很多，走起路来脚下沙沙作响，走在这里只感觉很坚实。小路两边的草叶稀稀落落的，没有树荫下的葱绿。但东面却一下子显出宽阔来，几座不大的墓碑隐于其中。再走十几步，就见前面两棵不粗却很高的树撑起一大片绿荫，光秃秃的小路一下子有了明暗，明处尤显光亮。就见那背对树干处隐约可见一个雕像的侧面，一道不宽的细树篱笆挡住了雕像基座，但没能挡住一长块都靠近了小路的黑色大理石。走近了才看清，那黑色的大理石原来是一座长长的石棺，自

1.阿赫玛托娃（1889—1966）：俄罗斯著名诗人，"阿克梅派"代表人物，代表作有《黄昏》《念珠》《没有主人公的叙事诗》《安魂曲》等。

雕像向东，气度非凡。再看雕像，
正是"猎人之父"屠格涅夫。他额
头挺阔，中间的头发向上耸立，又
向左卷曲，显出浪漫的气质；两道
浓眉微微皱着，让一双眼睛似在凝
视又似在沉思；鼻头圆大，下面的
胡子浓密，与两鬓和下巴的胡子连
成一圈，像草场一样围住了中间的
嘴——就觉得，他把一生的话都说
完了，再也不想说什么了，但又不
是那种有意的保持沉默。

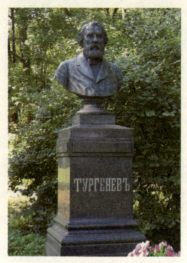

>屠格涅夫墓地（范行军摄）

　　他不说话，但我好像一下子能想起他说过的很多的话。墓地真是
一个奇妙的地方，它特殊的气场让逝者的思想以更加庄重的语调，发
出回响：

　　　　要判断自己价值多少，那是别人的事。重要的是做好你自
　　己。你不比一颗星暗，不比一棵树低。

　　　　人生的最美就是一边走，一边捡拾散落在路边的花朵，那么
　　他的一生将美丽而芬芳。

　　　　如果我们总是等待绝对的一切就绪，那我们就将永远无法开始。

　　不能不感恩这些文字。它们是我一路走来的闪电，是风，是盐，是
坚定的信念，是义无反顾。但一想到《猎人笔记》中那个握着猎枪的男
人，魁梧、高大，低沉的嗓音，就觉得他是应该站在这里的，那才是屠

流放在 温暖的
西伯利亚

格涅夫，而眼前的雕像缺少了猎人的粗犷。我理想中他在这里的样子：一个站着的男人，头发些许凌乱，胡子一丝不苟，目视前方。我不太喜欢这座雕像，好在他不是面向西边，那样又会引起胡乱的联想，是向着女歌唱家的。魂归故土，他就属于这片土地了。他属于所有阅读者。

石棺上镌刻着他的名字和生卒年：1818—1883——这时间里的很多年，他都是和一个女人在一起，要么就是在异国他乡漂着，但他留下遗嘱：死后，把他的遗体运回俄国，葬到别林斯基的墓旁。这时，我突发奇想，这石棺如此硕大厚重，沉稳地安放在草地上，就是让他的灵魂放心地安息吧，再不要漂洋过海了。他的名字上面放着一些花，左边几束深红的玫瑰，右边几束绢花，粉白的与红的，显得刺眼又单薄。抬头看，两棵树的叶子绿意盈盈，叶子有巴掌大，像是梧桐叶，可树干挺直向上，又不是梧桐的旁枝蔓延。这时，又听到三两声鸟叫，一下子这里安静极了。

我站着，把手放在黑色的大理石上，之后坐在基座，与他一起向远方望去。我们的远方都是那片美丽的白净草原：

　　在广阔而濡湿的草地上，在前面那些发绿的小丘上，从树林到树林，在后面漫长的尘埃道上，在闪闪发亮的染红的灌木丛上，在薄雾底下隐隐地发蓝的河面上——都流注了清新如燃的晨光，起初是鲜红的，后来是大红的、金黄色的……一切都蠢动了，觉醒了，歌唱了，喧哗了，说话了。到处都有大滴的露珠像辉煌的金刚石一般发出红光；清澄而明朗的、仿佛也被早晨的凉气冲洗过的钟声迎面传来，忽然一群休息过的马由那些熟悉的孩子们赶着，从我旁边疾驰过去……

此刻，又有什么疾驰而去呢？无疑是时间。但时间在此也留下了我们的脚步。当冬天来了，树上的叶子都掉落了，我相信那些脚步就会产生回响，邀来雪花片片，再化作春花朵朵，夏日荫凉。

此刻，该是离开的时候了——准备了好多年，离开却在瞬间，但没有一丝遗憾。一切抵达，都是为了离开。正是在沃尔科沃公墓，离开了屠格涅夫，又遇见了冈察洛夫[1]、遇见了普列汉诺夫[2]、遇见了别林斯基[3]——他的墓地并不像很多国内学者遵照屠格涅夫的遗嘱确定的位置——而是挨着普列汉诺夫——不亲眼所见，常常就会被"误导"。我们还遇见了巴甫洛夫，有意思的是，我们找了很长时间的门捷列夫，却没找到，他就像中学课本里的化学元素周期表一样，不见了。

但两年之后，回忆那次墓地探寻，其实我们已经看到了门捷列夫的墓地，只是当时没能认出来。我不禁哑言。又想到，一定还有很多已经看过了的，却未能充分地认识到：那种真实，那种存在……

>别林斯基墓地（范行军摄）　　>普列汉诺夫墓地（范行军摄）

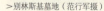

1. 冈察洛夫（1812—1891）：俄罗斯著名作家，代表作有《奥勃洛莫夫》。
2. 普列汉诺夫（1856—1918）：最早在俄国和欧洲传播马克思主义的思想家，是俄国马克思主义政党的创始人和领袖之一，是俄国和国际工人运动著名活动家。
3. 别林斯基（1811—1848）：俄国著名革命民主主义者、哲学家、文学评论家，由于他的影响，《现代人》和《祖国纪事》成为当时进步知识分子的舆论阵地。

流放在 温暖的西伯利亚

要了解俄罗斯，你必须了解这条路

一

　　1892 年 5 月，32 岁的列维坦在距莫斯科东北约 160 公里的波尔季诺村住过一段时间。关于这个村子，中国诗人木心在《雪橇事件之后》中写道：

　　　　一八二一年冬季来了
　　　　普希金拟往彼萨拉亚小住
　　　　驿站憩歇，等早餐
　　　　从口袋里掏出纸片，写
　　　　诗人多半是不用书桌写
　　　　一八三六年夏，波尔季诺村
　　　　这里的野地多好呀
　　　　大片草原接大片草原
　　　　纵马驰骋，尽兴而返

>列维坦肖像画，俄罗斯画家瓦伦丁·谢罗夫作品

　　"这里的野地"不论多好，一个傍晚，在列维坦眼里也是另一种色

调。那天，他和一个女孩打猎回来，走上一条荒凉的古道，不远处，有两个教徒和一座被人遗忘的老旧建筑。也许是累了，他停下脚步，向远方眺望，这条路穿越许多村庄，消失在远处。突然，他的心猛地抽搐了一下，喊出声来：

"这不就是弗拉基米尔路吗？"

二

2002 年的一天，英国伦敦国家美术馆，杰弗里·普尔曼站在列维坦的油画《弗拉基米尔之路》前。他"凑得很近，把耳朵贴近画布，但是，什么也没听见，颜料、画布、镀金画框都和地面一样静默无语"，他只闻到画上颜料的气味。但是，当他离开画，往前走了几步，却不由自主地转回头，再次凝视着这幅画。他看见了：

　　那些可怜人，成千上万的可怜人，他们被扔进了俄罗斯东部的漫漫长夜，一路上受尽了欺凌、折磨。他们之中最弱小、最年幼的孩子和病人踉跄着倒下，再也没有站起来。他们的肢体失去了知觉，意志消磨殆尽，在这肮脏的路上孤独地熬过人生的最后时刻。最后，是死神收留了他们，把他们——他们的白骨、血肉和灵魂——送回俄罗斯黑色的土地上。很久以前，他们就来自于这黑色的土地。

三

2015 年 8 月 17 日上午，在阴凉的风中走了十多分钟，我走进莫斯科的特列恰柯夫美术馆，来到列维坦的绘画展厅。我是被一条路引领过来的——弗拉基米尔之路。

这条路，我看过太多遍了——起伏不平的荒野中间，是一条土路，路上散落着一些被风雨侵蚀的碎石块，路的两旁各有一条不宽的土路，弯弯曲曲与中间的路伸向远方；一个黑衣徒步者出现在右边的小道上；路消失的尽头，是青灰色的天空，飘着灰白色的云，云的下面横着一排参差不齐的树；左边树林的远处隐约可见教堂的白色塔楼……就是这样一条路——没有花。没有马。没有孩子。没有池塘。没有草垛。没有鸟。

这是一条通向西伯利亚的路。

我走向这条路。

我走得不能再走近了，似乎走上了这条路，也就听见了镣铐的铮鸣、病人的呻吟、女人的叹息、狱卒的呵斥。

我闭上眼睛。

之后，我的心头骤然涌起大提琴的轰鸣，柴可夫斯基《D大调弦乐四重奏》第二乐章"如歌的行板"，像一把锋利的刀，从画面划过，破碎之处悲伤成河。我任泪水流下来，接续着托尔斯泰的眼泪："我已接触到苦难人民的灵魂的深处。"

四

列维坦就是苦难。

1860年8月18日，伊萨克·列维坦出生在今日立陶宛的吉巴尔特小镇。他的父母都是犹太人。父亲受过高等教育，精通德语和法语，在一家法国铁路建筑工程公司工作，整天忙忙碌碌，不安分又急性子，总是变换工作，全家跟着他四处折腾。后来，他们全家迁居莫斯科。列维坦13岁时进入了莫斯科绘画、雕刻、建筑学校，虽然是半工半读，

> 《白嘴鸦归来》，萨夫拉索夫作品

但很快就展示了绘画天赋。列维坦在绘画中找到了清贫生活的快乐和幸福。可是，1875 年时母亲去世了，两年之后父亲也告别人世，他陷入了忧伤与绝望。不久，学监在课堂上宣布他必须放弃学业，因为没有交纳学费。他忍住泪水，收拾画笔、颜料和书包。但是，同学们做出了一个决定：大家凑钱，帮助列维坦回到学校。重新获得学习机会的列维坦刻苦学习，用成绩赢得同学和老师的敬重，也让校方看到了一位未来画家的影子。他连续三年获得免交学费资格。但他还是无家可归，当同学们回家了，他常常在落满灰尘的画布或是肮脏破旧的工作室的道具中找一个睡觉的地方。幸运的是，他遇到了《白嘴鸦归来》这幅杰作的执笔人萨夫拉索夫——俄罗斯现实主义风景画的创始人，萨夫拉索夫经常带上他去野外写生，把自己的经验慷慨地传授给学生。从此，他也就开始了新的探索，将绘画的文学性与风景的抒情性结合起来。

1877 年 3 月，第五届巡回展览画展在莫斯科开幕，吸引了众多的观众。在希施金和萨夫拉索夫风景画展览大厅不远的地方，悬挂着学生们的作品，其中就有列维坦的两幅处女作。《俄罗斯新闻报》上说："风景画家列维坦先生展出了两幅作品，一幅是《傍晚》，另一幅是《阳光灿烂的日子·春日》。画面上明亮的阳光透过白桦树叶，照耀在几棵小白桦树和木头建筑上，阳光、树木、绿草、房屋，这一切画得很出色，处处流露出画家的感情及对大自然的感受。这种感受无疑是很贴近生活的。从这两幅画来看，列维坦先生的天赋是很高的。"

列维坦很开心 17 岁时被人称为"列维坦先生"。

1879 年，莫斯科再次发生谋刺亚历山大二世事件，犹太人被驱逐出城，列维坦只能和哥哥、姐姐离开，在城市附近的一个村子里住下，坚持画画。两年后，他的《秋日·索科里尼基》被收藏家帕·特列恰柯夫先生看好，支付了在他眼里的一笔巨大的财富 100 卢布。

渐渐地，列维坦的名字和画

> 《阳光灿烂的日子·春日》，列维坦作品

开始进入画廊，进入了更多人的视野。后来，他又与契诃夫成为朋友，当然是时有吵架、绝交又言归于好的真挚朋友。再后来，他爱上了契诃夫的妹妹玛莎，并向她求婚。玛莎不知如何是好，去问哥哥，契诃夫这样回答了妹妹："当然，你如果愿意的话，可以嫁给他。不过提醒你一句，他需要的女人是巴尔扎克笔下那个年龄的，而不是你这样的。"玛莎回忆道："我羞于承认自己不懂得'巴尔扎克笔下那个年龄的'的含义，实际上我没有听懂安东·巴甫洛维奇的意思，但我感觉到他在警告我什么。我对列维坦没有说什么。大约一个星期的样子，他待在巴布金诺像个阴郁的幽灵似的。"

列维坦的传记作家波罗洛科娃认为："契诃夫本想保护妹妹免受可能发生的痛苦。但他的谨慎使妹妹也失去了幸福。"后来玛莎身边不乏追求者，却终身未嫁，而列维坦因为这次不成功的求婚，也留下了痛苦的痕迹，"从此以后，他再也没有寻求家庭生活的幸福"。也许，只有绘画才能弥补心中的伤痛吧。

1892 年夏天的这个傍晚，列维坦望着遥遥无尽的长路，苦难的往事，忧愁的民歌，苦役犯们沉重的脚步，一股悲怆伴着苦楚油然而生。回到住地，他急遽地画出一幅小画稿，第二天便带着一大块画布再次来到这里。几天之后，完成了《弗拉基米尔之路》的写生。

　　画，完成了，列维坦感到欣慰，但等着他的却是一个耻辱：亚历山大三世签发命令，所有犹太人必须在 1892 年 7 月 14 日前离开莫斯科。朋友们为列维坦奔走，终于迫使当局批准了著名画家可以留在莫斯科。但是，几个月来的悲愤、郁闷、无奈，已经深深地伤害了这个本来就多病的躯体。但他必须站起来，即使是为了家庭：被驱逐的姐姐、妹妹需要他活着，他必须忍着伤悲作画，他的每一次描绘里都有着外甥们的教育费。他也不能不回望那条路——几个世纪以来，犹太人一直被驱赶，被流放。

　　1893 年春，《弗拉基米尔之路》在巡回展览中展出。对这样一幅题材敏感的风景画，舆论的反应十分谨慎，倒是《彼得堡报》旗帜鲜明地给予了嘲讽，"俄罗斯的大自然是画作的题材"，可是，"还有什么能比列维坦先生创作的《弗拉基米尔之路》更为枯燥无味呢"。还有一些艺术界人士绕过了风景背后的思想，故意淡化题材所具有的深刻意义。倒是一些观众"走上了"这条路，也就体验到了走向黑暗的凄凉和寒冷，他们用久久的凝视回报了画家的勇敢和良知。

>帕·特列恰柯夫画像，列宾作品

　　还有一个人在这幅画前沉默不语，他就是帕·特列恰柯夫先生。他明锐的目光这一次变得凝重。他不是没有看到《弗拉基米尔之路》对风景画的"突破"，而是注意到了画面上毫不掩饰的"倾向性"。可以想象他环抱双臂，又用细长的手指捋着胡子的犹

　　　　　　　　　　　流放在 温暖的 西伯利亚

豫。他没有收购这幅画。

列维坦没有抱怨，他必须为民众留下这条路。1894年3月11日，他给帕·特列恰柯夫写信："《弗拉基米尔之路》近几天就会从展览会拿回来，请您收下它，使我和它都得到安慰。"列维坦无偿地将画送给了特列恰柯夫美术馆。

如果不是这样，我就不能站在这幅画的前面了——站在不是树的树，不是草的草，不是云的云，不是天的天——的前面：是同情、忧虑、控诉、反抗；是风景背后的冤屈坟冢，是金色画框之外的沉重宽度。

五

我很想摸一摸这条路上的土、荒草、碎石块；摸一摸画布——我知道，列维坦喜欢用粗糙的画布作画——我想摸一摸它原初的样子。其实，我已经探明了一种"原初"，即勇气。

一次，尼古拉二世也来看"巡回展览画派"的作品，这位沙皇指着列维坦的一幅风景画，说："这幅画显然是没有完成的作品。"

列维坦立刻回答："不，陛下，我的画已经完成了。"

不卑不亢，正如画框一样：方方正正。

在沙皇专制统治时期，只要一条路被赋予"弗拉基米尔之路"，就是一个禁忌，就需要一种勇气。列维坦站了出来，32岁的他，其胆量和良知，超过了64岁的托尔斯泰，超越了52岁的柴可夫斯基，超越了48岁的列宾，超越了44岁的克拉姆斯柯依。

这条路是一个画家的良心。

这是一条饱经磨难的路。我希望法兰西院士让-吕克·马里翁是看过这条路的："画家把另一种现象加给可见者的不确定的川流。他完成世界，正是因为他没有模仿自然。"于是，列维坦只是在那天傍晚的路上，再"画上"了一个黑衣徒步者，我们就看到了、听到了，还有：囚犯拖着脚镣，女人搀扶着丈夫，十二月党人悲愤的吟唱——千里迢迢的路途在低垂而阴郁的苍天之下，展现了俄罗斯的苦难记忆。

是的，专制可以抹去这条路，任其荒芜，再另辟一条隐蔽之路延续统治。但现在因为"这条路"，悲惨、苦难、血迹、呻吟、哭泣、尸骨、仇恨——就碾压成了俄罗斯民族历程中的一条心路。

这条路是一道伤疤——不曾愈合。列维坦和帕·特列恰柯夫绝不会想到，在自己的祖国：1930—1952 年，竟有 78 万多人因"反革命及叛国罪"被处以死刑，30 多年里，几乎每一个家庭，尤其是农民和知识分子家庭，都至少有一个成员遭受了牢狱之灾，或是被流放到令人绝望的不毛之地，不断忍受着疾病、残疾和死亡的威胁。想象一下这些数字背后人们所经历和难以承受的忧虑、悲伤和肉体上的折磨吧。

专制与独裁总是偏爱制造这种痛苦——各种各样的"弗拉基米尔之路"——不只在俄国，不只在苏联——遍布人类所在之处。

8 月 18 日是画家的生日，这天我来到新圣女公墓，站到画家的墓地前，墓碑上刻着"希望我兄弟的骨灰也得到宁静"，多么富有深意。任何时候，宁静对于生者和死去的人，都是宝贵的。阳光照在墓碑上，闪着明晃晃的光，看不清那个逝去的时间，也好，就让 1900 年 7 月 22 日和画家那些美丽的风景，融合在一起，是伏尔加河上的白云，是白桦林间的阳光，是秋日金黄的田野……

>列维坦墓碑（范行军摄）

流放在 温暖的西伯利亚

> 《墓地上空》，列维坦作品

六

那位法兰西院士说："如果画作在问世之后仍然顺从其画家——无用的仆人，被制服的驯养者——那么它就会立即丧失它作为摆脱了未见状态的奇迹般的获救者的荣耀。它就退化到简单对象之列，成了适于消费的令人愉快而实用的景象。"从俄罗斯回来，我体味着这番话，再一次回望——我发现，如果那条路不叫"弗拉基米尔之路"，而是叫"荒野之路""古道""望不到尽头的长途"……这就是一幅风景画，与画家的那些草垛、溪水、教堂、河流、白雪、森林，别无二致。但它恰恰就叫"弗拉基米尔之路"，它就摆脱了列维坦，摆脱了列维坦的"风景"，也就实现了列维坦的语言："要了解俄罗斯，你必须了解这条路。"

于是，凝视者也就获得了启示和拯救。

2004 年的一天，杰弗里·普尔曼走上了这条路。他是看着列维坦的《弗拉基米尔之路》走上这条路的，他又用一本题为《弗拉基米尔之路》的书将这条路发行、再版、再发行：

　　这同一条路，领着我们出发，也引着我们回家。

　　这同一条路，归还给我们所有的爱。

　　但请注意，对于这同一条路——那条路，那条弗拉基米尔之路，那条经历过无数人脚印踩踏出来的横跨大地的路，就像一条不断转变和扭曲的充满苦难的丝带，不会永远存在于那里，最终，将肯定会回归到大地发端初始时期的样子，然后，所能留下的将是不断变冷的心灵记忆——这种记忆和心声，除非我们选择倾听它们，否则就会随着时光的流逝，变得越来越模糊不清，在他们身边，除了大地、风声以及冬天的满天飞雪，将会什么也没有留下。

但今天，是健忘的。

春天来了，在情侣们的眼里，路边开出的各种颜色的小花，默默无语的碎石块，不远处的树林，还有偶尔飞过的鸟，这都是风景。秋天来了，一些画家会追随风景画大师的色彩，从这里经过，在画布上留下美丽的秋日私语。冬天来了，人们纷纷回到家里，在茶炊旁也许会想起这条路，它的荒凉，它的漫长，以及隐没在远处的脚步……

我怕忘。

三年之后，还是 8 月，我再次站在这里——弗拉基米尔之路——我想，每一个到此又离开的人，都有一个希望：让这条路的尽头，就消失在画布之中。但前提是，成千上万的人，时时刻刻，清楚这条路的起点——它在画框的外面。

《弗拉基米尔之路》，列维坦作品

要了解俄罗斯，你必须了解这条路

人生并非穿过田野

一、人世间就没有冰雪无法治愈的忧伤

那天下午一到新圣女公墓，就下起蒙蒙细雨，风吹过，空气中散发着湿意，树上的叶子越发深绿了，带着一种眷意，将一些白色的大理石墓碑衬托得更显高洁，红墙也更红。来到果戈理和契诃夫墓地时，雨停了，待我从肖斯塔科维奇的墓地离开，找到了保尔·柯察金——奥斯特洛夫斯基，天空则放出了大片的蓝。

可是，离开这里赶往列宁山[1]时，又下起了雨，等到下了车，大步流星地走向观景台，天又一下子放晴了，风也更清凉，许是地势高吧。观景台聚集了很多人，好不容易挤到一个开阔的位置，俯瞰莫斯科，城市仿佛被五颜六色的丹青浓墨重彩了，鲜艳，明亮，令人心旷神怡。大朵大朵的云彩飘在空中，憨态各异。有那么一刻，我有些不安，因为想到伊文斯卡娅[2]在劳改营看到的，是"像泡沫般洁白的、炎热的云，在未开垦的干燥的土地上空"。不同情境之下，看云抑或看花

---

1. 列宁山：最早叫麻雀山，得名于 1451 年，位于莫斯科西南，是莫斯科的最高处，最高海拔 220 米，莫斯科河从山脚流过。此山在 1924—1991 年为纪念列宁更名为列宁山。

2. 伊文斯卡娅（1912—1995）：苏联时期文学期刊《新世界》编辑、译者。1946 年认识帕斯捷尔纳克，两人相爱 14 年，直至后者去世。她是《日瓦尔医生》中"拉拉"的原型之一，著有回忆录《时间的俘虏》。

都不一样了。靠着栏杆，回看莫斯科大学，就见这座标志性建筑气势雄阔、高耸入云——32层主楼，算上55米的尖顶——顶端是五角星徽标，总高240米，曾是欧洲最高建筑。它两侧是18层的副楼，塔楼上各有一个直径9米的大钟，有人说"莫斯科时间"是从这儿敲响的，也有人说是从克里姆林宫的教堂敲响的。这座建筑于1953年9月始建，它的"前世"在1755年，校舍是红场旁边的一个药店，最初只传授法律、医学和哲学。后来学校扩容，搬到新址，但1812年拿破仑骑马跑到了克里姆林宫，撤离的俄军焚城，学校也被烧毁。后来，师生重建校园，到了20世纪初，莫斯科大学培养出了众多杰出人才，像莱蒙托夫、屠格涅夫、赫尔岑、别林斯基等。

离开观景台，向这座二战后"建筑七姐妹[1]"的老大走近了些，耳边不能不响起一个声音——1957年11月17日傍晚6点多，毛泽东身穿灰色中山装，身材魁梧，红光满面，出现在莫斯科大学礼堂。他在接见中国留学生代表时，向青年们说："世界是你们的，也是我们的，但归根结底是你们的。你们青年人朝气蓬勃，好像早晨八九点钟的太阳……希望寄托在你们身上。"正是这句话，让我和孔宁从一个长凳上腾空而起，朝气蓬勃了一回。

看着这所大学，奢望了一下：要是能看一眼帕斯捷尔纳克的大学

>作者在莫斯科大学前留影

1.建筑七姐妹：二战后，苏联建造于莫斯科的七大著名建筑，结合了巴洛克式城堡、中世纪哥特式建筑与美国摩天大楼的特色，有莫斯科大学、劳动模范公寓、重工业部大楼等。

毕业证，倒是不错。1890 年 1 月 29 日，帕斯捷尔纳克生于莫斯科，父亲是画家，母亲是钢琴家，自己的钢琴老师是斯克里亚宾[1]。1908 年，他中学毕业，因为各门功课都是 5 分而获得金质奖章，被免试录取为莫斯科大学法律系新生。随着他与音乐的分手，一年后又转入历史—哲学系，并开始了写诗。1912 年，他前往德国的马尔堡，带着母亲给的 200 卢布，带着研究哲学的梦想。但是，3 个月后他又放弃哲学了。也许正是"别了哲学"，1972 年这里的一条街被命名为"帕斯捷尔纳克街"。他为这座大学城留下一首《马尔堡》：

> 我来到广场
>
> 我可以算是重生之人了
>
> 每一桩琐事依然生动
>
> 并从它逝去的意义中升起

　　同年秋天，他在莫斯科大学毕业，"它逝去的意义"之一就是毕业证书的"逝去"，他干脆就没去取，一直保存在档案馆，编号：20974。

　　诗人可以不取大学毕业证，我有什么是没去取的——想来想去，好像有一年接过一个电话，提醒我到作家协会领取新的作协会员证，我拖来拖去，放弃了。

　　他，放弃音乐，放弃哲学，放弃毕业证书，放弃 1926 年与里尔克、茨维塔耶娃三人通信的主导权，放弃 1958 年的诺贝尔文学奖——他在放弃，也在拿起。他自始至终都非常清楚想要的底牌，过程不乏理智与骚动，冷酷与温情。他在诗歌、随笔、小说、翻译多个领域耕耘，硕果累累；在情感经营上，近有家室，不远还有情人爱巢，伊文

1.斯克里亚宾（1871—1915）：俄罗斯著名作曲家、钢琴家，其作品对 20 世纪的欧洲音乐有着重大影响。

斯卡娅撰写的回忆录展示了他情感世界的真诚:"仿佛是用一块铁 / 浸入染料 / 你被镌刻 / 在我的心上。"

忐忑是有的:"但我们是谁,又从哪里来 / 当这些年月过去 / 只留下流言,而我们已不在人世。"但他总能镇定而超脱。1929 年《致阿赫玛托娃》:

>帕斯捷尔纳克和伊文斯卡娅及她的女儿

我仿佛觉得我所选用的,

会像您那原生态的词语,

但错了,可我已不在乎,

反正我不会离错误而去。

与离不开错误的坦然相比,他更笃信:"本来,人世间就没有 / 冰雪无法治愈的忧伤。"

二、诗歌里有里尔克,小说里有托尔斯泰

前往图拉州雅斯纳亚·波良纳途中,自然会想到帕斯捷尔纳克,想到他遇见里尔克的意义:遇见对的人,其意义不啻人生的"第二次诞生"。

那天早起,跑到伊斯梅沃的森林,一进去立刻感到了清爽的凉意,心情像跳跃的小鹿,跑来跑去。两条铁轨铺在树林间,明晃晃的,阳光从高大的树间洒下来,像一道道金黄的笔刷,一列火车开过来,笔刷将绿色的车皮涂上闪闪的光亮,眼看着它又消失在树林尽

头，消失在湛蓝的远天和白云之下，而铁轨上面有树叶慢慢飘飞，这一切简直就是童话。真不想离开，躺在这里就好。

回到酒店直奔餐厅，食欲大开，面包抹上黄油，再放火腿，腌黄瓜是必吃的俄罗斯国菜，入口清脆，相当开胃。饭后坐上奔驰中巴，还没出城，车里就唱起了《三套车》和《喀秋莎》。窗外，天空已蓝得不能再蓝了，云彩肥得都懒得动了，遍地是树，满眼是绿。这蓝，这白，这绿，让人恨不能把肺掏出来洗一洗。中午进城，在一家不大的俄式餐馆吃了一顿地道的俄餐。再上路，出了市区路就渐渐窄了，有一段山路，两边树枝刮擦着车窗。在一个岔路口，车停下了，原来司机对这条路不是很熟。还好，很快又走上正道，不一会儿再次停下，车门打开了。这里已经停了一些客车和轿车，人不算少。跟着前面的人走，走着走着就热了，脱了上衣，只穿 T 恤，觉得身板还不赖，但一瞧前前后后俄罗斯爷们儿和女人那粗壮的大腿、腰和胳膊，自己还是太瘦猴了。

这时，雅斯纳亚·波良纳——托尔斯泰庄园，到了。

>托尔斯泰庄园（范行军摄）

要说门，挺别致的，两座白色的圆筒形小塔楼，一左一右，像两个肥胖的守卫。这是托尔斯泰的外祖父沃尔康斯基公爵所建，他是一位有名的将军。走进大门，左边是个很大的池塘，当年，夏天里托尔斯泰会带着庄园里农民子弟小学的孩子来游泳，冬天水面结冰，他会和家人来滑冰。那天，得知他离家出走，索菲亚·安德烈耶夫娜[1]跳进水里，想要自杀。此刻，浮萍静静，水静静，倒映着蓝天白云。我蹲下来撩水，惊飞了三三两两的蜻蜓。然后，站在正对着大门的著名的林荫大道，好像完成了一个夙愿似的，长长地呼出一口气。道路两旁的白桦树高大挺拔，向上形成两排高高的绿墙，枝叶茂密，越往上越靠近，中间只留一线蓝天，有鸟在这窄窄的蓝中飞过，不留痕迹地飞过。

再往远看，树林中隐约露出白色和绿色的边边角角，像隐藏其中的巨大的积木。庄园给人的第一印象，就是：这里是一片森林。一眼望不到边的森林。380 公顷在这里只是一个数字。顺着这条路往里走，我走得很慢，生怕一下子就走完了这段路。1908 年的一个雪天，托尔斯泰在这条路上散步，他的胡子和雪一样白。此刻，我正踩在他的脚印上，即使他是在此徘徊，我也愿意在此徜徉。

在此徜徉的，还有里尔克。

1899 年 4 月的一天，里尔克踏上了俄国的土地。抵达莫斯科当天，他就去拜访列·奥·帕斯捷尔纳克，这位著名画家正在为托尔斯泰的《复活》画插图。1893 年，画家在巡回画派的一次展览上结识了托尔斯泰，后者夸赞了他的《初次登台的女人》。画家打算为《战争与和平》创作插图，希望能拜访作家并得到指教，作家欣然邀请画家到家里做客，两人成了朋友。所以说，里尔克拜访画家并希望能给引见

1.索菲亚·安德烈耶夫娜（1845—1919）：托尔斯泰之妻，1862 年 17 岁时与 34 岁的托尔斯泰结婚。

托尔斯泰，是不成问题的，第二天晚上年轻的诗人就拜见了老作家。1900年5月9日，里尔克与露·安德烈亚斯·莎乐美[1]再次来到莫斯科，帕斯捷尔纳克将那次10岁的遇见写入了《安全保证书》第一页：列车启动前，两个外国男女与父母在交谈，"在途中，这一对男女又来到我们的包厢"，但他们在图拉就下车了，去拜访托尔斯泰，而"火车已载着我们驶向弯道，那个小车站就像读完了一页书慢慢地被翻转过去，渐渐消失了。人的面孔和发生的事会被遗忘的，并像可以设想到的那样会被永远忘掉的"。但显然，帕斯捷尔纳克并没有"忘掉"：

> 我一直认为，无论是我的习作还是我的全部创作，我所做的只不过是转译和改变他的曲调而已，对于他那独特的世界我无所补益，而且我一直都是在他的水域中游泳。

如果说他的诗歌受到了里尔克的影响，那么他的小说呢——托尔斯泰之死，会像种子一样埋进他的灵魂吗？有人说他的叙事长诗《1905》就是效仿《1812》——《战争与和平》一开始的书名，而《日瓦尔医生》更是向托翁的学习与致敬。

我在俄罗斯坐火车，不论是高铁、城际快车还是绿皮老爷火车，总会想到两个人：安娜·卡列尼娜和她的塑造者托尔斯泰。两个人的死，都与火车有关。如今，阿斯塔波沃小火车站改名叫"列夫·托尔斯泰车站"，火车站站长室内桌上的小座钟永远停留在：11月7日6点5分，托尔斯泰去世的时间。1910年的那束灯光还照在两个堆叠的白色方枕头上，上面还有头枕过的小窝。房间里还有一块看不出颜色的

1.露·安德烈亚斯·莎乐美（1861—1937）：出生于圣彼得堡，21岁时行游罗马与尼采相识，为哲学家所倾慕。1897年结识里尔克，两人同游许多地方。1911年秋她在魏玛与弗洛伊德谋面，第二年成为其弟子，将人生最后的岁月献给了精神分析。

流放在温暖的西伯利亚

桌布、掉瓷的水缸、木椅子，一动不动。还有老人从家里带来的文具箱，里面有象牙的墨水瓶、笔和小玩具，一动不动。还有老人的面部遗像，每根头发和胡须都纤毫毕现，他睡着了。

托尔斯泰睡着的样子，被20岁的帕斯捷尔纳克赋予了一种诗意和神性。那天夜里，他和父亲连夜乘坐夜班火车，赶往阿斯塔波沃火车站。他的眼前不断浮现出托尔斯泰来家里做客的样子，那是1893年11月初的一天，就是从那天起，他开始记事，"再没有大的中断和模糊"。在火车站，他看得更清楚了，小吃部生意红火，服务生一溜小跑地分送着嫩得带血的煎牛排，他们手忙脚乱，简直无法满足顾客的需要。啤酒流成了河，而：

> 托尔斯泰就像一位朝圣者，沿着那个时代的俄罗斯道路徒步走来，终于，他自然地停下来，在路旁安息了。

是巧合吗？当他离世，两个儿子让父亲的安息之地，也是能看到火车的地方。

如今，雅斯纳亚·波良纳和别列捷尔金诺[1]的两块墓地都成了文学朝圣之地。

三、独唱：超越壁垒，第二次诞生

2015和2018年，都在8月，我前往莫斯科的特列恰柯夫美术馆，站在萨夫拉索夫[2]的《白嘴鸦归来》前，揣摩这幅精妙的绘画。因为太喜欢，更是唏嘘画家晚年的悲惨境遇，一个细雨蒙蒙的早上，又去瓦

---

1. 别列捷尔金诺：在莫斯科近郊，20世纪30年代后期建的作家村。
2. 萨夫拉索夫（1830—1897）：俄罗斯著名风景画家。代表作有《白嘴鸦归来》《乡路》等。

甘科夫公墓拜谒画家墓地。墓碑前，画前，不能不想起帕斯捷尔纳克22岁所作的《二月》，我相信，诗人比我更欣赏《白嘴鸦归来》，而且带着颠覆"白嘴鸦"形象的野心。《二月》注定一问世即是经典：

> 二月。墨水足够用来痛哭，
> 大放悲声抒写二月，
> 一直到轰响的泥泞，
> 燃起黑色的春天。

不能不被这个"二月"所震撼。记忆里，都是"早春二月""二月春风似剪刀"，但帕斯捷尔纳克的"二月"，"泥泞"是"轰响"的，"春天"可以是"黑色的"，对白嘴鸦的描写，后无来者：

> 在那儿，像梨子被烧焦一样，
> 成千的白嘴鸦
> 从树上落下水洼，
> 干枯的忧愁沉入眼底。

帕斯捷尔纳克通过16行的《二月》，"越是偶然，就越真实"，将自己的作诗法与众多诗人做了区分。他在诗歌创作上是一个完美主义者，总是不断地修改早期作品，甚至改得面目全非，有一次竟然想要删掉"像梨子被烧焦一样"，多亏伊文斯卡娅和一个朋友的坚决阻拦，这个"梨子"才保留至今。

"白银时代"众星闪耀。帕斯捷尔纳克属于"慢热"，就看这几位诗人出生时间吧：赫列布尼科夫是1885年，古米廖夫是1886年，阿赫玛托娃是1889年，帕斯捷尔纳克是1890年，曼德尔施塔姆是1891

年，茨维塔耶娃是 1892 年，马雅可夫斯基是 1893 年，叶赛宁是 1895 年。古米廖夫不过长他 4 岁，却是"阿克梅派"领袖，镇守圣彼得堡；"两娃"更是"霹雳"双娇，仰慕者众多；马雅可夫斯基在 1915 年用一首《穿裤子的云》扛起"未来主义"大旗……而他，还在"闷燃"，等待喷发。很多诗人 20 岁出头便名噪一时，勃洛克 24 岁出版《美妇人集》，奠定诗歌王国的大王地位，跟

>邮票上的帕斯捷尔纳克

随者也都纷纷出诗集，朗诵，讲演，他才开始写诗，一直处于追赶。且又总变，就像一生中不断的"放弃"，这又耗费了很多时间。但"耗费"也是"汲取"，他从不放过任何可以汲取的源泉，所以也就根基扎实，不像马雅可夫斯基，为革命声嘶力竭地高歌，最后连"抒情"都没力气了，"未来"空洞乏力；又避免了叶赛宁频频回望故乡，"前途"黯然。

但是你所压抑和追赶的身躯又在何方？

你压抑，你驱赶，你发怒，在高高的天空。

1913 年 12 月，帕斯捷尔纳克出版《云雾中的双子星座》，这首《双子星座》的最后两行，宣泄了诗人的不满和对未来的渴求。这从他有一段时间仰视马雅可夫斯基就看得出来，他是比前者大 3 岁的。

一次下午，一次夜里，我在阿尔巴特街走着，眼睛都不够用。我在努力寻找留在这里的印迹：有一家咖啡馆，帕斯捷尔纳克与马雅可夫斯基在此见过面。在他眼里，马雅可夫斯基漂亮，脸色低沉，握起的拳头像拳击运动员的，"有着铁一般的内在自制力，有着一些高尚的习惯或准则，有着责任感，这种责任感使他不允许自己是另一种不那

么漂亮、不那么机灵、不那么有才气的人"。

帕斯捷尔纳克非常羡慕马雅可夫斯基写出了《穿裤子的云》，总是不忘那橙黄色的封皮。但他也在发力，1916 年出版《超越壁垒》，逐渐摆脱了"未来主义"大喇叭的干扰，"我不理解他为什么要让自己服从于庸常的现实"。1922 年他在《致马雅可夫斯基》里写道："我知道，您的道路从不虚妄／但在这条真实的路上／您为何被牵引着，来到养老院／这群老妇人的拱门下？"

1922 年，帕斯捷尔纳克出版了《生活，我的姐妹》，之后是《主题与变奏》，接着是《第二次诞生》。他在"变奏"中不断"诞生"新的视野，"变奏"疾速，有时令人看不懂。马雅可夫斯基、叶赛宁，读一遍就读懂了；阿赫玛托娃、茨维塔耶娃，读两遍后会一读再读，耐人寻味；勃洛克，令人流连忘返……但，读帕斯捷尔纳克，要皱紧眉头。有人统计，勃洛克有一百多首诗以"我"开头，阿赫玛托娃、茨维塔耶娃、曼德尔施塔姆、叶赛宁，都有"我"，唯独他，鹤立鸡群，不说自己。何以藏而不露？有人评价，"他希望尽可能谦逊与低调，这正是艺术家对凯歌高奏的主观性的正常反应。他寻求的不是消隐，而是客观化，是从抒情到叙事的转变"。

环顾众声合唱，他更相信独唱，哪怕那声音姗姗来迟。

在伟大的苏维埃的日子里，
最高的激情被赋予席位，
徒然留下诗人的空缺：
它是危险的，倘若被填充。

1931 年，他在这首诗中表达了"诗人的空缺"之"危险"，不是担忧"独唱"，

>阿尔巴特街上的艺术家（范行军摄）

流放在 温暖的 西伯利亚

而是忧虑"合唱"将"填充"那个"席位"。

他认可寂寞，也不想滥竽充数。

四、对斯大林连绵而深情的感怀就在此前

>帕斯捷尔纳克纪念碑，俄罗斯彼尔姆市

一切都不寻常，一切都不一样——默念着帕斯捷尔纳克的文字，我行走在墓地之间。

那天在新圣女公墓，为了寻找象征派诗人别雷的墓地，在一个区域转了好几圈，最后看到的墓碑比想象中的矮很多，旁边的那棵橡树倒是又长高了。这之后，看到了寂寞的勃留索夫，就像 1923 年 12 月 17 日，莫斯科大剧院为诗人举办的庆祝五十寿辰大会中，这位象征派的领袖倍感孤独。前来恭贺的诗人很少有人发言，帕斯捷尔纳克朗诵了献诗，致敬前辈：

> 我祝贺您，一如这场合
> 祝贺自己的父亲那样。
> 只可惜大剧院里没人会
> 把草席铺向脚边般铺向心房。

我是通过诗人的生卒年"1873—1924"找到勃留索夫的。我想说他活得太短，可三年前离开的古米廖夫比他还小，一年后离开的叶赛宁又比古米廖夫还小。我看着墓碑上诗人的侧面浮雕，想深深地刻在记忆里。不错，这里的很多墓地在不曾前来之时，就已熟悉了。

就像娜杰日达。

当一座素白挺秀的大理石雕塑出现在眼前，我知道，她就是娜杰日达。她，脸庞端庄，鼻子挺秀，头发一丝不乱，目光看着前边——就是看着前边，不忧郁，也不憧憬，而是平静。她的右手围拢过来，挨着脸，轻轻地放在左肩——我的理解，俄罗斯人的传统观念里"右肩站着天使，左肩站着恶魔"——也许，她把右手放在左肩，是要防止魔鬼侵袭吧。

娜杰日达的丈夫是斯大林。

娜杰日达生于 1901 年 9 月，与斯大林都是格鲁吉亚人，她的父亲是斯大林的老战友。她 18 岁时嫁给了 39 岁的斯大林，生有一儿一女。1932 年 11 月 8 日，也就是庆祝十月革命 15 周年晚宴后，她回家在卧室开枪自杀，年仅 31 岁。

死亡事件之后，斯大林也成了一个受害者，他无法堵住别人的嘴，包括他与娜杰日达生的女儿的嘴："这个男人从来没有到墓地去看过他的妻子。"但他的警卫员则回忆："很长一段时间里，斯大林在夜里会来到墓地，待在那里，沉默地一袋接一袋抽着烟斗。……他一坐就是数小时。"现在，在她的墓地一角还放着一个小凳子，但愿就是斯大林坐过的。

第一次来看娜杰日达，因为下了雨，树叶湿漉漉地深绿着，她看起来愈是洁白，也就愈是孤寂。许是为了给她一丝温暖，许多人总是要轻轻地抚摸她的脸颊，所以有段时间，就用一个玻璃罩把雕像罩上了。但我两次来，都没看到玻璃罩，只看到墓地上的鲜花，和那安静的怀念。

而帕斯捷尔纳克的怀念是独特的，意味深远。

当年，娜杰日达自杀身亡后，《文学报》立刻刊登了一封文学界表示哀悼的联名信，同时发表了帕斯捷尔纳克的一段附言：

我与同志们感觉一致。对斯大林连绵而深情的感怀就在此前；作为艺术家，实为第一次。早晨读到的消息。震惊，仿佛自己就在身边，活着并看着。鲍里斯·帕斯捷尔纳克。

有人认为，帕斯捷尔纳克的附言将他拯救于恐怖年代：一份绝无仅有的慰问之词，足以"唤起了斯

> 娜杰日达墓地（范行军摄）

大林心中某种人性的东西"。我想，这不是帕斯捷尔纳克所能预料到的结果。但是，即使悲伤也要与众不同，这个时候只有与众不同，才会被斯大林注意到，并记住。时间恰恰证明了这一点。

1923 年对勃留索夫的致敬，1932 年对娜杰日达的哀悼，毫不搭边的两个事儿，都显示了帕斯捷尔纳克独特的处世姿态，他是一个智慧诗人。

五、谁注定活着受夸奖，谁理当死后遭辱骂

在街上，人们走路都很快；在美术馆，参观者静静的；在地铁，男人很有风度，很多都站着；在酒馆，服务生态度也很好，拿着笔看着你，也会指点一下招牌菜，但是想要热水时，也会摇头；当然在旅行景点，化装的沙皇与皇后或是玩偶人物要是与你合影，还是躲得远远的好，如果不好意思而同框了，不给够卢布，怕是很难脱身。看来，任何城市都无法避免存在各色各样的"罪与罚"。不过，在圣彼得

堡或是莫斯科，如今是安全的，遗憾的是，那些被"盯梢"过的人们看不见了。

1934年的一天，在莫斯科的一条街上，曼德尔施塔姆和帕斯捷尔纳克遇见了，前者将后者拉到一旁，看看四周无人，读了自己的诗《我们活着，感觉不到脚下的国家》："我们活着，感觉不到脚下的国家／十步之外，听不到我们说话……"帕斯捷尔纳克一下就听出了诗中"山民"指涉的是谁，马上说："我没听说过这首诗，您没向我读过。我建议您不要再向任何人读。这不是诗，是自杀。我可不想参与您的自杀。"两个月后，曼德尔施塔姆被逮捕。但他在审讯时隐瞒了帕斯捷尔纳克听过这首诗，避免了又一场迫害。

曼德尔施塔姆被捕后，他的夫人找到帕斯捷尔纳克，希望后者动用自己的关系营救丈夫。再之后，斯大林打来了电话。几年前，斯大林曾给布尔加科夫打过一个电话，无疑，两次电话都被记录在俄罗斯的文学史上。

那天中午，走过凯旋广场的马雅可夫斯基雕像，再从柴可夫斯基音乐厅向西，前往花园街10号布尔加科夫故居博物馆。在大门口，一个牌子上写着"302"，显然是将《大师与玛格丽塔》花园街302号院"搬迁"了过来。院子里一辆红色客车也醒目地标注"302"，更吸引目光的，是左边楼房第一个绿色门下的雕像——魔王沃兰德的两个随从：黑猫别格莫特和克洛维约夫。雕塑是2011年为纪念作家诞辰120周年而修，黑猫的左手和鼻子被摸得锃亮，我自然也要摸一摸。拉开绿色的门，立刻感受到一种强烈的荒诞感，从一楼到二楼，墙壁上是各种稀奇古怪的涂鸦、招贴和画，都是作家笔下的人和动物。走廊的格调确定了所有展室的氛围：多变、跳跃、穿越。从老钢琴到旧打字机，从泛黄的照片到闪动的影像，从立体的雕像到平展的书信，从破书到鲜亮的剧照，既是实实在在的现实又带着那么

流放在 温暖的 西伯利亚

一股子不确定性。似乎包含着这样的用意：伟大的小说家即使离开了人世，还在用各种方法干预生活，并在这一过程中使得来者放缓脚步，于斯于思。从一间展室出来，迎面撞到一辆红色的"302"客车，还有"头戴红围巾女共青团员惊恐的面孔"，车轮下是"莫斯科某文学协会主席的头颅"。光线暗淡，人影晃动，虚构与真实来回切换。我在一个电视前停留了一段时间，为的是看玛格丽塔飞翔的身姿。作家坐着的雕像很受人欢迎，伸出的右手都被摸白了，尤其食指。我使劲摸了摸，希望多沾点灵气。拐来绕去，就看到墙上挂着的电话——会是斯大林与作家通过话的那部电话吗——这时就见一个胖胖的女人拿起它来，听了听，放回原处。我赶紧过去拿起来，装模作样地说："我是布尔加科夫。"我的表演让一对中年情侣看到了，两人都笑了，我立刻将手机递过去，女人马上明白了，为我留下"立此存照"。

1930 年 4 月 18 日，斯大林打来的这个电话，是在马雅可夫斯基自杀的第五天。叶赛宁自杀后的第五年，又一个著名诗人的自杀，对一个新生的社会主义国家来说，无论如何都是一个污点。斯大林不怕再死几个作家、诗人和艺术家，只是"死相"别太难看。

斯大林：您的信，我们收到了。……或许真该放您到国外去？怎么，我们已使您很厌烦了吗？

布尔加科夫：最近一个时期我一直在反复思考：一个俄罗斯作家能不能居住在祖国之外？我觉得，不可能。

斯大林：您想得对。我也这么想。您是希望去哪里工作？是艺术剧院吗？

布尔加科夫：是的，我希望这样。我表示过这种愿望，但他们拒绝了。

斯大林：那您就往那儿递一份申请书嘛！我看，他们会同意的……

不久，布尔加科夫在莫斯科艺术剧院担任了导演助理。

……时间来到曼德尔施塔姆被捕后，帕斯捷尔纳克四处走动，以减轻朋友的厄运。1934 年 6 月 13 日，一个女邻居叫帕斯捷尔纳克去接电话。他拿起电话，对方说，斯大林马上要和他通话。他哼了一声，别乱开玩笑，放下电话。但电话铃随后又响起，他再拿起，对方马上说，斯大林同志将与您通话，如果您不信，请拨这个号码……他马上打了过去，是斯大林。斯大林告诉帕斯捷尔纳克，曼德尔施塔姆的事情已经研究过了，会有一个好的结果的。

"请问，曼德尔施塔姆是您的朋友吗？"

"诗人之间难得成为朋友，他们像美女一样相互嫉妒。我和他所走的道路截然不同……"

很显然，帕斯捷尔纳克回答"是朋友"，自己就是曼德尔施塔姆的同伙，说"不是朋友"，又意味着背信弃义。

"我们布尔什维克，不会丢下自己的朋友不管。"斯大林说。

"这一切要复杂得多，我们两人确实不同……"

"您为何没来找我，或者找那些作家组织？如果我的朋友落了难，我会千方百计帮助他。"

"要不是我在张罗，您也许什么都不会知道，而作家组织从 1927 年以来就不再管这种事情了……"

可以说，来者不善，所有问话都是精心考虑的，而帕斯捷尔纳克巧妙地化解了被动，以迂回的方式躲避了锋芒。当曼德尔施塔姆听到夫人复述电话内容时赞道："好样的！滴水不漏的答复！"

帕斯捷尔纳克并没有轻易地"放下"这次电话，除了很多人都知道了领袖与他通过电话，一年后更是漂亮地"利用"了这次电话。在电话中，斯大林"批评"了诗人没有去找他求助，帕斯捷尔纳克就抓住了这一点，当 1935 年 10 月 23 日，阿赫玛托娃的丈夫和儿子被捕后，他给斯大林写信，"您曾经责备我不关心同志的命运"，而现在就请您"帮帮阿赫玛托娃，解救她的丈夫和儿子"。这封信 11 月 1 日送到克里姆林宫，两天后普宁和列夫就获得了自由。

帕斯捷尔纳克，一边写诗，一边完成了处世策略。他笃定："谁注定活着受夸奖，谁理当死后遭辱骂……"于是，该放弃的放弃，该坚守的坚守。他年轻时放弃音乐、放弃哲学、放弃莫斯科大学的毕业

>帕斯捷尔纳克纪念雕像

证书，36 岁时放弃三人通信主导地位（与茨维塔耶娃和里尔克），再后来放下诗歌而翻译莎士比亚的悲剧、歌德的《浮士德》，直到 1958 年放弃诺贝尔文学奖。

要知道，1937 年之内，在别列捷尔金诺，就有 25 人被逮捕。1939 年又有巴别尔[1]一去不返。身边的很多人被抓走，而他活着，并不舒心，写于 1941 年

---

1. 巴别尔（1894—1940）：俄罗斯著名作家，生于敖德萨一个犹太人家庭，代表作有短篇小说集《敖德萨故事》《红色骑兵军》。1939 年在"大清洗"中被指控为间谍，1940 年被枪杀，1954 年平反。

的《霜》安静中透着寒冷，当"落叶无声""雁阵最后的翩飞"之时，他在寒意中提醒自己"何必惊慌：惶恐之际眼睛自会睁大"，又能明了"造物的法则不足为信，美满童话一样是骗局"，然后面对"盛大而庄严的寂静"：

> 白皑皑的死的王国，
> 心神不定地陷入颤栗，
> 我悄声向它低语："谢谢，
> 你的惠赐，多于对你的祈求。"

我为他晚年的语言之回归自然而打动，但不会简单去想，岁月沉淀使得诗风发生改变。我宁愿沉痛地相信，诗人无心精雕细刻，或者说诗人放弃早期丰富的联想、连绵的意象，选择简单，乃是身心不胜重负。

表面看，诗人有着田园般的劳动：

> 我在干泥土活的时候，
> 从身上脱掉了衬衫，
> 酷热直晒我的脊背，
> 仿佛焙烧黏土一般。

实则，他有着《虚惊》的不安，否则不会"一如每年常做的那样"，去考虑"最后时刻"：

> 我从前厅朝窗外望去，
> 一如每年常做的那样，
> 看见自己的最终时刻，

流放在 温暖的
西伯利亚

它已被推迟和延宕。

　　毕竟，这是一个令人不得不"怀着犹豫前行"的时代。好在他在25 岁时就已锤炼出了沉稳的素养：

　　我怕什么？我对失眠之夜
　　像对语法书一样熟悉。我已和它结盟。

　　如果说象征派老诗人安年斯基会发出"请告诉我，在思想的痛苦之中 / 是否还有谁会怜悯我"的慨叹，那么帕斯捷尔纳克则是"黑夜在胜利，王和后在退却"之时，还能"看到早晨"的醒客。

六、人世间何曾对你有过怜悯

　　我曾说，当我谈论俄罗斯的诗人时，我在谈论我自己，现在再加一句：眼睛读懂诗意还不够，行走的坎坷更靠近人生和命运。所以，我不会颂扬"俄罗斯诗歌的太阳"，而在克里姆林宫"炮王"和"钟王"处，普希金那一闪而过的落寞和孤独化作认知：没人可以不为自由付出代价，甚至自尊。

　　1826 年9 月8 日下午，尼古拉一世加冕沙皇之后，召见了诗人。

　　"如果你12 月14 日在彼得堡的话，你将会做什么？"沙皇问。

　　"我将会和造反者一起出现在参政院的广场上。"诗人回答。

　　这之后，尼古拉又问："你的思考方式是否有所改变，是否能够保证今后改变行为，如果我将你释放的话？"普希金犹豫了很长一段时间，最后向尼古拉伸出了手，发誓会有所改变。于是，尼古拉和普希金从房间里走出来，对等候在外面的大臣们说："先生们，这是我的普希金！"

这一刻令人欲哭无泪。甚至，为这一细节是"偷窥"了诗人的"另一面"而愧疚。但是，帕斯捷尔纳克将我从这一情境中揪出。他比我更深刻地理解了普希金，理解自由与生存：

> 就这样，前进，不必颤栗
>
> 把同类现象当作慰藉，
>
> 当你还活着而非一具圣骨，
>
> 人世间何曾对你有过怜悯。

这，并非是为过错寻找退路，而是冷眼直面艰难时世所持有的态度：何以能够活下来，与诗共存。同情嘛，是人擅长的，因它是高傲的产物。可是，帕斯捷尔纳克让自己深陷尘埃，感同身受前辈的困境。他的尊重即是善待。伊琳娜·叶梅利亚诺娃[1]在回忆录《波塔波夫胡同回忆录》"致中国读者"中说，他"是一个勇敢而美好的人，他在异常残酷的20世纪依然坚守着永恒的道德信念——对朋友忠诚，支持和帮助那些处境艰辛，'被侮辱与被迫害的人'"。

所以，在舍列梅捷夫宫的后花园，看到曼德尔施塔姆和阿赫玛托娃在一起，我根本不会去想：帕斯捷尔纳克为什么不在这里？其实，在阿赫玛托娃最困难的日子里，大部分熟人都绕开她十条街远，是他，一如既往频繁地与她会面。尽管她后来说"帕斯捷尔纳克是个神一般的伪善家"。不要再挑剔他是"住别墅的人"了，更何况他留下了一部伟大的《日瓦尔医生》。

1.伊琳娜·叶梅利亚诺娃（1938— ）：伊文斯卡娅与第一任丈夫的女儿。她是音乐出版社编辑，1985年移居法国，在索邦大学授课，著有关于帕斯捷尔纳克等人的回忆录。

流放在 温暖的
西伯利亚

七、我从中捕捉此世的安排

万籁俱寂之时，我独自登上舞台
轻轻地倚靠在门边，
回声自远处传来，
我从中捕捉此世的安排。

数千个望远镜连成一轴，
形成夜的晦暗对准了我。
天上的父啊，如果可以，
请从我身边移去这苦杯！

我喜欢你那执着的构想，
也乐意把这一角色扮演，
可如今在上演另一出悲剧，
免了吧，还是别让我来演。

然而戏的场次已经编定，
最后的结局也无可更改。
我孤单，不堪忍受伪善。
人生并非穿过田野。

如果非要选出最喜欢的帕斯捷尔纳克的一首诗，我会选这首《哈姆雷特》。写于 1947 年的这首诗，是一个舞台经验丰富的主演的独白与彻悟。人，一定要直面命运的"安排"。可以不满意，可以表达"别

>帕斯捷尔纳克在别列捷尔金诺

让我来演",但"场次已经编定","不堪忍受伪善"之际,到底是演,还是不演——这是一个问题,却没答案——也许,答案就在最后一句,却是对着舞台之外的旁白:人生并非穿过田野。

我们总要面临各种选择。帕斯捷尔纳克在1927年完成的《施密特中尉》,就对选择有着深刻的笃定:

> 我知道,我倚靠它站立的
> 那个木桩,将成为历史上
> 两个不同世纪的分界,
> 我为我的选择而快乐。

如果说我读懂了帕斯捷尔纳克,不如说我理解了帕斯捷尔纳克,理解了他对生与死的认知。

1953年在一场大病后,他给伊文斯卡娅的母亲写了一封信,当时他心爱的女人被关在劳改营,与他怀的孩子也流产了,信的最后,他说:"所有我经历的和我看过的,这一切都是那么美好和朴素。生和死是多么伟大,而人若不明白这一点,那他会是多么微不足道!"

1954 年，诗人的长子戍守边疆，饱受孤独之苦，向父亲求助。做父亲的先把儿子教训一通，后又谆谆教诲：

> 除了主观世界的温暖，毕竟也还有一个客观世界，自尊心迫使你与它和解，应当克制与它的冲突，并准备心平气静地退让或牺牲。……我始终对你强调一点：在自己的生活、工作和服役中，要遵守通常的和既定的规范。在这些真实的界限内缓步前行……单凭冲动、狂热、幻想、造作，你将永远一事无成！

我觉得诗人在写这封信的时候，面对着的是一面镜子。他教诲儿子，看到的是自己。

八、别忘了明天把窗户打开

两去莫斯科，都留下了遗憾：未能到别列捷尔金诺，去看帕斯捷尔纳克的故居和墓地。其实，第二次是有机会的——从头说起吧——那天吃过早饭，把民宿的房间整理干净，下楼把钥匙交给看门人，挥手告别。再次挥手是来到凯旋广场的对面，隔路与马雅可夫斯基。要说不留恋是不可能的：契诃夫小镇没有去，因为作家的故居正在维修；马雅可夫斯基的故居就在附近，因为要去看果戈理，只能二选一；还有叶赛宁的故乡梁赞，也得遥望了……下次吧，这样想着，走进了马雅可夫斯基地铁站。坐地铁，再坐轻轨，9 点多一点就到了多莫杰多沃机场。飞机11 点多起飞，提前了两个小时，心情就很放松，兴冲冲地来到柜台，拿出护照以及电子打印的机票，换登机票，但被拒绝。美丽的俄罗斯小姐直摇头，摇得我心里有点发慌，前几天在圣彼得堡坐高铁到特维尔，排队上车时就遇到这种摇头，搞得一阵紧张。但愿拿出那张"特别护照"就 OK 了。这次显然不是那个原因。宁宁与她说英语,她听不懂,找来一个懂英语的同事,听了宁宁的询问,给我们写了一个小纸条,到另一个柜台办理。但,那个柜台又让我们到另一个柜台,来来回回好几次。语言不通,再次令人抓瞎。最后,总算找对了衙门。一个小伙子看了我们的护照,在电脑上查了查,用英语告诉宁宁:机票超卖,我们无法登机。宁宁与他交涉,我们早早就预订了机票,都有座位的,超卖也是在我们之后,为什么不让我们登机?此刻,我们又加深了对俄罗斯的认识:一些国际惯例在这里真的可以行不通。今天,算我们摊上事儿了。小伙子笑眯眯地看着我们。继续交涉。我与宁宁商量好了,不焦虑,不卑不亢,提出抗议。这期间,身后不断有俄罗斯人排队,小伙子就停下与我们的沟通,让他的同胞到前面,办完了事情,再搭理我们。这样干了三四次,我一看时间,过去一个小时了,能不能上飞机还悬着。我们的计划是下午 1 点多钟落地辛菲罗波尔,午饭后再坐世界上最长的有轨电车,一路欣赏美景,到达雅尔塔,时间允许就直奔契诃夫故居,傍晚再到著名的海滨大道寻找"带小狗的女人"。看着小伙子微笑的怠慢,我控制不住了,这事儿太荒唐了!他听不懂,却能看懂我的态度,始终是笑眯眯的,告诉我们,可以在附近的宾馆住下,他来安排,明天上午 9 点钟,搭乘另一趟航班。NO。我和宁宁态度鲜明。他再一次在电脑前查看起来,然后说,下午 5 点多有一趟航班,你们要不要?好吧,也只能这样了。叹一口气,无可奈何,人在他乡,语言不通,任性不得,该忍的就忍吧。长舒一口气,为今天总可以到雅尔塔了。还有大把的时间,给手机充电吧,到书店溜达,补写日记。

突然,我想:要是现在离开机场,到别列捷尔金诺去,时间还是很充裕的。但我看着宁宁,没有说出口。还是语言问题,就像那天到特维尔下车,在小火车站买去克林的票,看着电子屏幕上一闪一闪的俄语,"克林"简直如大海捞针……最后买到了票,也是不敢出站,担心节外生枝，原本要出去走走，也许会找到叶赛宁的，也只能放弃——此时，同上次一样，语言问题再次妨碍了行动。而这次更不能冒失离开，到了莫斯科才预订到雅尔塔和塞瓦斯托波尔的酒店，万一出去路上再遇到麻烦，一旦赶不回来，民宿也退了，剩下的行程就不堪设想了，还是老老实实地待在机场了。

也不知道是不是老天在惩罚我的小心翼翼——乌拉尔这趟航班，再次晚点，而且是一而再再而三，从傍晚5点到6点，再到7点，然后暮色四合，直到快12点了，我们才走上飞机。夜色真是苍茫。

哦，别列捷尔金诺。这次的错过，我知道再也无法绕开，我越是读帕斯捷尔纳克，这个地理位置越是吸引着我：

> 我的心灵，为我周围
> 所有人而忧伤！
> 你活生生地成为一座坟
> 埋葬着饱受苦痛的人。
> ……
> 在我们这个自私的年代
> 你就等于一只骨瓮
> 使那些遗骸得到安宁，
> 出于良知，也出于恐惧。

这首《心灵》写于1953年秋，他的悲情，他的苦痛，他的承担，让我靠近他。遥远不是距离。一天，当我像他一样又重读了安德烈耶夫的《七个被绞死的人》，也就跟着作者的孙女——奥尔加·安德烈耶夫来到了别列捷尔金诺。我相信她的导游："棕色的房子，带着飘窗，坐落在斜坡上，背靠一片冷杉林……小门廊的尽头有扇门，门上钉着一张英文字条，纸已发黄，且已撕破，上面写着'我在工作。我不见任何人，请走开'。在帕斯捷尔纳克房间，墙上挂着他父亲的木炭画作品，有写生和肖像画，可以辨认出托尔斯泰、高尔基、斯克里亚宾和拉赫玛尼诺夫[1]的肖像，还有儿时的鲍里斯·帕斯捷尔纳克和弟弟妹妹的速写……"

　　这一天，奥尔加·安德烈耶夫和帕斯捷尔纳克离开别墅，走进灿烂的阳光，穿过房后的常青树丛，积雪很深，两人走得十分开心，而诗人阔步前行。他们渐渐走远了，但他的声音还在："我对世界的认知从未放弃。生活不断提供新的素材，作家要做到生命不息，笔耕不止。……马雅可夫斯基自杀了，因为他的傲慢无法顺应滋生于他体内或周遭的新生事物。"他还说，在音乐和写作方面，人们必须具备广阔的视野，"才能获得独立的个性，成为他们自己"。

>帕斯捷尔纳克故居，在别列捷尔金诺

1.拉赫玛尼诺夫（1873—1943）：生于俄罗斯，是20世纪著名的古典音乐作曲家、钢琴家、指挥家。

在别列捷尔金诺，他翻译了俄语最好版本的莎士比亚悲剧和歌德的《浮士德》。在别墅附近的"小别墅"，他拥抱伊文斯卡娅，并让她成为《日瓦尔医生》里的"拉拉"。1958年，他"以现代抒情诗和伟大的俄国小说的传统领域所取得的巨大成就"，获得诺贝尔文学奖。

晚年的帕斯捷尔纳克，游刃有余，他既怀疑"需要多少勇气，才能游戏岁月"，又肯定"就像有时注定游戏而不拒绝"。他66岁时写的《夜》万物于心：

> 他仰望着行星，
> 仿佛整个苍穹
> 都属于他每天夜晚
> 放心不下的事情。

他终于还是要放下一切。

70岁的那个春天，身体的疼痛来得突然而猛烈，他预感生命来日无多。

他反复说，"假如就这样死去，也没什么可怕的"。

他对护士说，"生命美好。……我快乐"。

他后来又说，"不知为何我就要听不见了。仿佛有团雾在我眼前。但这会过去的吧？别忘了明天把窗户打开……"

他在1953年《八月》就预言了死：

> 我想起枕头为何沾湿，
> 因为泪水洒落在上面：
> 我梦见你们一个一个
> 穿过树林来跟我告别。

后来，他安慰伊文斯卡娅："你要明白，这是梦。仅仅是个梦，而且我一旦把它写在纸上，它就不会实现了。"

1960年5月30日，帕斯捷尔纳克病逝，6月2日安葬在别列捷尔金诺的墓地。送葬那天，伊琳娜·叶梅利亚诺娃返回村子，她后来告诉世人，"奇迹紧随不舍。鲍·列从沙土小路的每个拐弯处瞧着我们。从半干涸的小河瞧着我们。从那座怪难看的干草棚瞧着我们。……一直到家，奇迹都如影随形，然后就同落日一起消失了"。她接着又说，"这奇迹闪现过，存在过，在给我们力量"。

两次行走俄罗斯，探寻了新圣女公墓、瓦甘科夫公墓、沃尔科沃公墓、涅夫斯基修道院公墓，拜谒那些艺术家、作家、诗人的墓地时，不能不想到帕斯捷尔纳克的安息之地。他的墓碑不大，刻着侧面头像，墓地上放着一块四方石板，刻着生卒年：1890—1960。也许简陋了些，也许冷清了些，但我坚信诗人不会介意。

"生活对我们的仁慈、善良比我们通常想象的要多。"

我放下伊文斯卡娅的回忆录《时间的俘虏》，非常确定：他对她说的这句话，也是对我说的。

>帕斯捷尔纳克墓地

流放在 温暖的 西伯利亚

当你路过我这里的时候，请你停一下

一、在高尔基故居

　　在苏联曾兴起一股重新评价高尔基运动，但"清算"却占据了上风。他的文学成就被贬低，"革命的海燕最后成了斯大林的鹦鹉"——这股风凌厉而强悍，经过西伯利亚上空之后汇聚成更为强劲的冷空气进入了喧哗与骚动的中国，立刻变成寒流，很多人在寒流中捂上厚厚的被子，回避"海燕"，也回避了"外祖母"，还有一些人，干脆将鼻涕一股脑地甩给了高尔基。我们太喜欢做原告了，只要有机会就将他人推上被告席。高尔基的文学形象和"社会大学"的励志形象，瞬间坍塌，这倒恰恰印证了高尔基的话："我们这里养成了愚蠢的习惯：把人们拖上名誉的钟楼，若干时间以后，又把他们从那里抛到尘埃和泥泞里去。"

　　所以，若干年前，去看高尔基故居的人，就很多，就像到了新圣女公墓，去拜谒奥斯特洛夫斯基 [1]。但现在，如果你说去看高尔基了，很多人会嗤之以鼻，在他们看来，果戈理、陀思妥耶夫斯基、托尔斯

---

1. 奥斯特洛夫斯基（1904—1936）：苏联著名作家。他15岁时参加红军，16岁时在战斗中不幸身负重伤，23岁时双目失明，25岁时身体瘫痪。他历时三载创作了《钢铁是怎样炼成的》，还有未完成的《暴风雨所诞生的》。

泰、契诃夫、阿赫玛托娃才是最值得仰慕的。但对于我，坦白地说，我可以健康地长大，能吃能喝，敬畏苦难，永远相信爱，《童年》《在人间》《我的大学》，是大粒的盐，是不过期的精神之钙——去看高尔基，理所当然，理所当然地是去看一座山，不管上面笼罩多少乌云，是去看一棵树的根——我岂能白白地乘凉。

是，我的态度微薄。但，微薄也是一种表态，而沉默有时是一堆烂铁。

8月的那个下午，离开布尔加科夫故居，一路南走，右转途经一片小树林时，偶然又是必然地遇见了勃洛克[1]，继续往南，直到一条马路横在前面，隔路而望是基督升天大教堂，此教堂名气赫然，全因普希金和娜塔莉亚在此举行了婚礼，1831年2月18日。在此停留了一下，向左不远，就看见了高尔基故居。它挨着马路，要看全貌就得到马路对面，还是先近观吧。一个拱门后是六个台阶，走上去却被一道上锁的铁栅栏拦住，后面的门也紧闭，上贴一张白纸，看不懂，估计是一个告示吧。难道今天不是参观日？千万别。再看那锁头，很旧了，贴着告示的门也不像平日经常进出的。这样一想，这里不是参观的必由之路，应该还有别的门。退出拱门，看着右边墙面浮雕上的高尔基，他面孔向左，难道启示我们往左走，也就是往回走吗？退后再看，这是一座灰色的别墅，外观坚实，像个难以攻破的堡垒。但有人把这里叫作"家庭监狱"。高尔基曾向一个知心的杂志编辑透露："我很累了。多少次，我曾想到农村去看一看，……可

>高尔基故居（范行军摄）

---

1. 勃洛克（1888—1921）：俄罗斯著名诗人，"象征主义"领袖人物，代表作有《美妇人集》等。

是办不到！好像是被围墙围住，不能逾越一步！被包围，被封锁，既不能进，又不能退，很不习惯啊！"

这座"家庭监狱"很多时候要比真正的监狱，更阴森。

三年前，在圣彼得堡的彼得－保罗要塞，我执意要从监狱前走过，是因为1905年1月12日，因书写革命传单而被捕的高尔基被押至这里囚禁。他并不害怕，因为1901年4月16日，他因参加革命活动已经被沙皇的监狱味道熏陶过了。他也不会太孤单，他会想到列宁的哥哥亚·乌里扬诺夫在1887年因为试图谋杀沙皇亚历山大三世，在这里惨遭杀害，只有21岁；他会想到1848年陀思妥耶夫斯基也被关押在这里；他也会想到1825年十二月党人雷列耶夫等五人，就是在这里被判处死刑的……"这里静得跟坟墓一样，只有教堂的时钟和铁门外哨兵有节奏的脚步声才能打破死一般的沉静"，一位作家这样描写昔日这里的夜晚。我向监狱门口走去时，愿意用淫雨霏霏换取晴空万里，可是天气格外晴好，监狱的外墙粉刷一新，倒也与里面的阴森、逼仄形成了巨大的反差。

现在，我看着门口石柱上的浮雕，上面刻着作家在此生活的时间：1931—1936年。

1931年5月，高尔基搬到这里；1936年6月18日，他在郊外的高尔克村去世。他死的时候，没有忏悔，没有做仪式。他在最后的日子里总是这样说："让我去吧。"

我们往右看了看，要走很远也没有可能进入别墅的门，看来还得回去，就顺着高尔基的目光往回走了。绕了一个大圈子，感觉是到了它的后花园，从一个半开的小门进去，一条小路，绿荫清凉，左边绿草丛上开着白、粉、黄的花，右边是一片草，走到前面见一条长长的绿色椅子上坐着一男一女，我们向右走进一片阴影里，就看见一扇高大的门，门上竟有两个把手，上面的是老式的，下面的是新式的，再看墙上挂着一

块铜牌，只要认出上面最大的刻字，有 A
和 M 就够了，无疑就是"阿列克塞·马
克西姆莫维奇·彼什科夫"的缩写。好
嘞，抓住门上新式把手，使劲拉开。

在被前门拒绝之后，我们从后门进
来了。迎面就见绿色的墙上挂着一幅高
尔基油画，他穿浅青色衬衫，扎深蓝色
领带，披着灰色大衣，坐在书桌前，桌
上的右手边放着很多笔，胸前是一页纸。
他戴着眼镜，左手放在额头左边，神情

>作者朋友孔宁在高尔基故
居后花园留影（范行军摄）

严肃，好像无从下笔，正在思考，又像是被突然打扰到了，看着不速
之客。我略微鞠躬：打扰您的写作了，不必这般审视我。

买票，换鞋套，走向左边，就见一个台阶很宽铺着地毯的楼梯挨着
墙，通向二楼，楼梯左边护栏豪华之极，不是一整块灰色的大理石雕刻
的，也是巧妙拼贴而成，中间是镂空的花纹，随着楼梯蜿蜒向上，再盘
旋向左，一直到二楼。这第一感觉就是，这里太大了。斯大林也是够大
方，为了从意大利迎回被列宁好言相劝离开的当时在世界上最有影响力
的"无产阶级作家"，特批一处富翁的私宅拨其使用。这里之大立刻见
证，走过楼梯，来到一个房间，就被对面的一个四方大窗吸引，屋里很
暗，它显得很亮。房子中间是一张长桌，围着高背皮椅，右边一个圆桌
上摆着几幅相框，最上面的是高尔基和四个男人的合影，认不出他们是
何许人也。离开这间像是会议室的房间，在走廊墙上看到一个大相框，
上面是高尔基和儿子的黑白素描，父亲坐着，右手肘抵着桌面，右手放
在左脸颊，目光向右下方低垂，儿子在他后面，表情同样严肃，向左边
看去。父子俩同框，所视方向不同，耐人寻味。还有，父亲头发浓密，
胡子更是茂密，可儿子却额头光亮，没有头发。走过父子俩，就来到了

流放在 温暖的
西伯利亚

>高尔基故居（范行军摄）

书房。只能再次感慨：太大了。四周靠墙都是高高的书架，下面放着皮椅，南面还是开着一个四方大窗，光线极亮，窗下靠墙是一个宽厚的皮沙发，对着一个大圆桌。左边墙角两面书架下是一个单人的棕色皮沙发，右边扶手上都露出浅黄色，说明主人经常坐在这里看书，长时间把书放在上面磨成的。这里的书与托尔斯泰、柴可夫斯基故居的书一样，几乎都是精装。还有一点很有趣，作家的书要比诗人的书多。普希金、阿赫玛托娃、茨维塔耶娃故居的书，与托尔斯泰、契诃夫、高尔基故居的书，就数量来说，无法相比。

从书房到工作室的过道墙上，一个高大的玻璃罩里，挂着一件黑色的呢大衣，旁边立着一根手杖，是一根粗树枝做的，下面略有弯曲，挨地还放着一双长筒黑靴。

前两个房间虽然大，却暗，工作室光亮一些，可能因为那张大大的写字桌旁边就是一个宽大的半圆窗户吧，可见一棵大树的树干高过窗户向上而去，一根树杈像五指分开，撑起一把绿伞。窗台上养着绿植与窗外的绿树呼应着。再看写字桌上，一排削好的铅笔、红蓝铅笔旁，是一把剪刀和裁纸刀，老花眼镜放在几张稿纸上，第一张上写满了字，这稿纸也大，足有普通稿纸两倍长。要不是展品由玻璃罩着，我会偷偷拿起老花镜戴一下吧。他就是在这里开始创作编年史般的长篇巨著《克里姆·萨姆金的一生》，翻译成中文是厚厚的四卷。他习

惯上午九点到下午两点伏案写作，写累了，就到花园里干点活。这张桌上最引人注目的还是一个小雕像，放在稿纸前面，地位特殊。它是灰色的，看不出是锡制品还是石雕，是三只小猴子，蹲着，两手在脸上，捂住不同的位置：不该听的不听，不该问的不问，不该看的不看。也许在作家心里，还有一个不该：不该写的不写。高尔基将这三只小猴子的"不该"放在书桌上，是要经常提醒自己吗？也许，他会经常检讨，自己说过哪些"不该"说的话吧：假话、空话、赞歌。他应该是在检讨，而且在三个"不该"上又加了一个"不该"——不该写的，不写。他知道斯大林一直都在密切地关注他，且希望他写一部颂扬自己的书，但他是高尔基，不可能成为第二个马雅可夫斯基。他深知，既然写不出类似于长诗《列宁》这样的颂歌献给领袖，他的用处也就不大了，或者说他的这面旗子用得也差不多了。

离开工作室，走廊靠墙有两个四层的玻璃陈列柜，放在地柜上，陈列架前立着两个瓷花瓶，图案和色彩都像是中国的，陈列架里都是各种小雕像，看起来都是佛教题材，有菩萨，有罗汉，有龙，有香炉，有山，有的显然是一套，讲述了一个故事。我恨自己浅薄，看不出其中的典故。在作家卧室，还能看到几座大一些的同样风格的雕像。作家的床与我看过的托尔斯泰、柴可夫斯基的床一样，都很窄，高高的床头下摞着两个雪白的靠枕，床单也是雪白的。其中左边的床头柜上的台灯前，放着一个玻璃杯，上面被一方白巾盖着。玻璃杯放在床头，也许是在说明，作家的晚年需要在床上吃一些药，起床前，

流放在 温暖的
西伯利亚

或是夜里。

在这座高大的别墅里走着，看哪儿都厚实，展品也多，却总有一种不踏实之感，需要不时地抬头来寻找窗户，看看外面的绿树和天空。走出卧室，可以走上那个宽大的楼梯了，二楼有一座作家的大理石头像，极有个性：眼睛微皱，两道眉毛间拧成的"川"字下，鼻子凸起，胡子在中间分开一道缝，像两边蔓延，下巴抬起，像从水中猛地冒上来的船头。这是作家中年时的样子，头发在中向两侧分开，少有弯曲便向耳后聚拢。我占住有利地形，屏住呼吸，拍下了这座艺术品。

与这座姿态凝重又傲然的雕像不同的是，这里的另一座头像则是安详的，他躺着，头发安顺地向下，额头的皱纹舒展开了，眉毛也不再紧拧，眼睛合上，高高的鼻子下，是那浓密的胡子，此刻这胡子看起来像海燕放下来的两个翅膀，盖住了那双说了太多的话想沉默又沉默不了的嘴。无疑，这是根据作家去世后做的石膏面型雕刻的，真实地再现了他最后的时刻。二楼的一间房子就像一个小型的展览，

>高尔基雕像（范行军摄）

挂着高尔基、妻子和儿子的油画，还有一些家庭成员的照片。一个陈列柜里，放着很多报纸、杂志、剧票、CD 唱片，从展柜上方标注的"2018"可以看出，这些都是高尔基诞辰 150 周年举办纪念活动的纪念品。1868 年 3 月 18 日，高尔基诞生在伏尔加河畔的下诺夫哥罗德的一个木匠家庭。

在二楼，高尔基和儿子小马克西姆的合影，吸引住我。照片上的他还很年轻，为了和儿子一般高，跪在儿子旁边。我在这张照片前站了好一会儿，却无法触摸到一个父亲失去儿子的伤痛。

二、在小马克西姆墓前

小马克西姆安葬在新圣女公墓。因为，他是高尔基的儿子。

1936 年 5 月 27 日这一天，高尔基一脸疲倦，喘着粗气，在前往郊外别墅时，要求司机把车拐到新圣女公墓。他想看看儿子，看看薇拉·穆希娜[1]为儿子做的纪念碑。

1934 年 5 月的一天，马克西姆·佩什科夫突然患病，没有几天就死了。死得蹊跷。罗曼·罗兰[2]在《莫斯科日记》中记述："这位健壮的年轻人因在打猎时患感冒而死。据某些人的说法，人们清早发现他躺在房子外面花园的雪地上。他两肺叶发炎，过了一个星期就死了——这一切非常奇怪并引起各种不安和担心。""不安和担心"之一，就是高尔基与斯大林之间的关系日趋紧张，一个显著特征就是作家不能再自由地出国了。对于儿子的死，高尔基心里可能比任何人都清楚，但他什么都不能说，面对儿媳说的"他们把马克西姆收拾了"，也只能保持沉默。他派妻子专程拜访女雕刻家穆希娜，恳请她为儿子设计一座墓碑。穆希娜对高尔基非常尊敬，没有顾忌其他，就答应了下来。

高尔基来到儿子的墓地。墓碑是一整块灰色大理石雕成的凸浮雕，小马克西姆背靠着墙，双手插在裤兜里，一条腿盘着另一条，头微低垂，目光凝聚。高尔基默默地站了一会儿，想去再看看娜杰日达[3]。这个提议太突然了，身边的人不知如何是好，就在这时突然刮起

---

1. 薇拉·穆希娜（1889—1953）：苏联著名美术家、雕塑家，1937 年与人合作创作的《工人与集体农庄女庄员》雕像，矗立在法国巴黎国际博览会苏联展览馆顶部。1939 年，这座雕像放置在苏联国民经济成就展览中心（现为全俄展览中心）。1949 年，《工人与集体农庄女庄员》雕像成为莫斯科电影制品厂的标志。
2. 罗曼·罗兰（1866—1944）：法国著名思想家、文学家，1915 年获诺贝尔文学奖，代表作有《约翰·克利斯朵夫》，以及多部名人传记。
3. 娜杰日达（1901—1932）：父亲是斯大林的老战友，她于 1918 年成为斯大林的第二任妻子。她年轻、貌美、上进，不以做夫人为满足，随斯大林上过前线，在列宁办公室当过秘书，后来进入工业学院学习。她与斯大林生育了两个孩子。1932 年自杀。娜杰日达，俄语"希望"之意。

>马克西姆·阿列克谢耶维奇·佩什科夫之墓，
莫斯科新圣女公墓

了一阵冷风，秘书马上说，我们以后再来看吧。

在乡下，高尔基病倒了，医生们确定：高尔基患了流感与肺炎，体温不断升高，6月18日，他去世了。生前，他要求他死后与儿子葬在一起，却未能如愿。他的遗体依照苏联联共（布）中央政治局的决议被火化，骨灰罐被放置在克里姆林宫的宫墙内。他的遗孀提出分给她一部分丈夫的骨灰，好葬入儿子墓地，遭到了政治局集体决定的拒绝。如今，马克西姆·佩什科夫身边有母亲和妻子。

但，高尔基就孤独了。

一天夜里，风很大，在红场，我看着灯光映得深红的高高的那道墙，心想：高尔基现在一定很寂寞，也不得安静。其实，我单纯了。安静，有时也不是绝对的需要。否则，他就会将儿子安葬在别处了。

生活，有时可以在别处。

墓地，有时不能在别处。

那天在新圣女公墓，我虽然不太喜欢别雷，因为他在勃洛克与门捷列娃之间横插一腿，可还是为了寻找他的墓地，转了好几圈，最后只好求助一个俄罗斯胖姑娘。我用汉语发出的"别雷"，她一下就听懂了，把我带到一个圆柱形的墓碑前，我顿时傻眼了。它与照片中所显示的相比，实在是太矮小了，还好，旁边的那棵橡树长得高高大大的了。这之后，遇见两个在俄罗斯生活的女同胞，其中一个嫁给了俄罗斯人，俄语娴熟，她一下就帮我找到了尼古拉·鲁宾斯坦——我是转了好几圈也没有找到，原来他就在我身后。之所以没找到，也是因为现实中的墓碑与图片上的不太一样：图片上的墓碑清晰干净，眼前的则落上了一层灰，黑乎乎的。为感谢她的帮助，我带两人去看奥斯特洛夫斯基的墓地。可能那个胖女孩又听懂了我的发音，竟也跟了过来，可走着走着，她让我们停下，指着左边一个占地很大的墓地。女同胞翻译了她的话，原来，这是列宁弟弟的墓地。严格说来，他要不是列宁的弟弟，葬在这里也难，而应该安葬于此的陀思妥耶夫斯基，因为他的遗孀没钱买一块墓地，长眠在了涅夫斯基修道院的季赫温墓地。

三、当你路过我这里的时候，请你停一下

我们又来到夏里亚宾的墓地。如果高尔基葬在新圣女公墓，两个好朋友就有的聊了。在高尔基故居，一个相框里是两人的合影，都很年轻：高尔基坐前，夏里亚宾站后，把右脸颊靠在前者的头上。他们都在伏尔加河畔出生长大，童年与少年时代都吃过苦，受过累，挨过打。夏里亚宾在回忆录里想象着：我站在伏尔加河码头上的"人链"中手倒手地抛传西瓜，而他在那里当装卸工，从轮船往岸上扛麻袋。我给鞋匠干活，而他就在不远处的一间面包店里干活。高尔基非常敬重夏里亚宾，给朋友的信中说："夏里亚宾是一个伟大的，令人惊奇的现象——俄罗斯的现象。……他穿过了种种屈辱的荆棘，登上了顶峰，浑身笼罩在荣光之中，但却依然是一个质朴的热心青年。"

1938 年 4 月 12 日，在高尔基去世两年后，夏里亚宾在巴黎逝世。送葬的队伍经过巴黎大歌剧院时，灵车停了下来，让歌唱家与舞台做最后的告别——墓碑上的墓志铭：当你路过我这里的时候，请你停一下！此地是我的坟墓，夏里亚宾的坟墓。

1984 年 10 月 29 日，"我连骨头也不能埋在这个国家"的夏里亚宾的遗骸从巴黎迁葬到新圣女公墓，31 日，纪念碑在此安放。歌唱家绝没想到死后还能魂归故里。"从这里离开就意味着永远离开祖国。"1922 年

>夏里亚宾墓地（范行军摄）

离开时他非常痛苦，"在克里米亚的普希金岩上造一座夏里亚宾艺术城堡的珍贵的梦想，怎能放弃呢？可是留在这里实在太恐惧了，每分钟我都在屏息静听，契卡[1]的卡车是开过去了还是停在我的房前了"。都过去了。与当年"逃离"苏维埃遭到唾骂、被马雅可夫斯基斥为"叛国者"等各种无理的定论相比，墓地上的鲜花，才是确定下来的碑文。他的纪念碑是白色大理石的，采用了列宾的画作做底稿。我在列宾故居看到了画家为歌唱家绘画的照片，可惜那张画没有留存下来。现在，歌唱家呈现了当时的样子：半靠沙发，姿态悠闲，跷着腿，傲慢不羁，仿佛在蔑视眼前的魔鬼梅菲斯特[2]。

而谁，更是梅菲斯特？

那天，从列宾庄园坐小巴士返回，在路边一家土库曼斯坦风味的餐厅吃了点饭，就起身寻找夏里亚宾故居。从一些住宅楼中间穿过，走过一条杂草丛生的小路，还迈过一道不高的砖墙，走上了一条热烘烘的大路，再向右拐，来到一座大桥上，桥下的河水绿得像宝石。下了桥走了一

>列宾在画夏里亚宾（范行军摄）

1.契卡：俄语缩写音译，全称"全俄肃清反革命及怠工非常委员会"，苏联一个情报组织，于1917年成立。后来几经改组，1954年更名为国家安全委员会，即著名的苏联情报组织"克格勃"。
2.梅菲斯特：这里指歌德《浮士德》中的魔鬼梅菲斯特。

会儿，又上了一座大桥。桥下的河水绿得还像宝石。两座桥上的风都很大，棒球帽险些被刮跑。告别美丽的河水，沿着大路继续走，步履有些拖沓。累的。

也不知又走了多远，发现走过了，又跟着"谷歌"提示往回走，来到一幢灰色的大楼前，停住。一眼看到了梅菲斯特——楼前一个柱子上挂着的剧照——显然这是歌唱家扮演的魔鬼。夏里

>夏里亚宾故居前的剧照（范行军摄）

亚宾对自己的魔鬼形象格外钟爱。他回忆："工人们锯下了圆周约一米的一块舞台面，那是我 1895 年首次登台时，扮演梅菲斯特第一次从地狱上升到浮士德的书斋，站立的地方。他们把这块台面当作礼物送给了我！世界上大约没有别的礼物更能使我感动的了。"看过了招贴画，我又盯着楼面上的浮雕数字：1914—1922——歌唱家在这里生活了 8 年。拍照时从东面走过来一个美丽的女子，她用英语与宁宁聊了几句，对寻访者来自中国表示不可思议，当然她也很开心，因为她喜欢夏里亚宾。但她说，很少见到东方人到这里。

好吧，我们来了。

>夏里亚宾故居（范行军摄）

故居的房间很多，展品丰富，给人印象最深的还是魔鬼梅菲斯特穿的长袍，还有几张梅菲斯特的剧照——一个相貌堂堂的美男子转身一变，就是魔鬼——在舞台上可以，在舞台下谁说不可以呢。当然，这不是指涉夏里亚宾。可是，在他离开苏维埃之后，却是人民的"魔鬼"了，也是一种造化弄人吧。我没有找到那块台面。在《面罩与生活》这本回忆录中，歌唱家写道：

流放在 温暖的
西伯利亚

"我把它连同我的整个过去留在俄罗斯了，留在我1922年走后再也没回去的彼得堡的住宅里了。"

我来到故居最后一个房间，这里像是一个小剧场，女馆员关上门，播放了歌唱家演唱的三首咏叹调。

此刻，站在夏里亚宾的墓地前，我的耳边响起的就是他的歌声，同时也在想他的那些梅菲斯特的扮相，即使不是他，通过化妆师的手，也可以把一个英雄化装成一个魔鬼，或者是把一个小丑化装成一个将军，或者干脆就能将一个人"化解"消失，再"转世"回来。但在历史的舞台上，掌握这种化妆术的就不是化妆师了，那是什么——我一时说不清楚——就说一个事实吧：自从高尔基诞辰100周年纪念日，他的头像就和普希金的，每周出现在俄罗斯《文学报》报头上。但是，苏联解体前夕，也即从1990年5月2日（第18期）起，报头上只剩下诗人的头像了。时间慢慢地过去。到了2004年4月22日，《文学报》编辑部为创刊75周年举行了新闻发布会，在会上宣布一项重要决定：在广泛征求读者意见的基础上，决定从即将出版的新一期报纸起，在报头上恢复高尔基的头像。于是，普希金不再孤单。

我还想到那天在高尔基故居，在三楼。三楼只有一个房间，像是一个塔楼，圆圆的穹顶上有一块圆玻璃，露出明亮亮的天光。月夜，在这里抬头会看见星星的吧。这里是高尔基祷告的地方。晚年，他常常从一楼慢慢走上二楼，再走到三楼，一个人，跪着，祷告。他的身上落下过星光、阳光，落下过从窗户飞进的风雨和雪花，落下过看得见和看不见的喧嚣、责难、非议……不知他祷告时还会看到什么。我也会祷告，突然地就想默默地对神灵说一会儿话，对自己说一会儿话，于是立刻站住或者坐下，面对一堵墙，一座雕像，或是一棵树，一条路，闭上眼睛。在我听不见任何声音后，有时会看到一头狮子变得温柔，一个魔鬼转化成王子，干枯的河床上绿波荡漾，再之后什么都没有，一片澄澈，宁静。

>克里姆林宫夜晚的红墙（范行军摄）

　　走下三楼，光从窗外照进来，在墙上形成影子。光，将窗户变形了，变形的窗户在墙上，呈现得更美。我往下走，边走边想，不要成为影子，要成为人，真实的，人，哪怕很渺小，很丑。

　　依然记得那天夜里，红场上的风很冷很冷，我夹紧衣服，从圣瓦西里教堂前快步往朱可夫将军纪念碑走去，我边走边扭头看着克里姆林宫的城墙，看到的是一块巨大的红与黑的历史银幕——人影鬼影，淡入淡出；人来兽往，来来往往。

　　而当我在涅瓦河边想起高尔基的时候，就在秋高气爽的天气里，看见大雪纷飞而下，盖住了前面的路，也落在他微微颤动的肩头。他从这里又走上河滨道。他抬着头走着。我一路跟着他，手心化雪。我一路跟上他，看着他肩头上的雪，洁白的雪。我想，在这条老街上走着走着，风会把他肩头的雪吹掉了，即使吹不掉，在他走进路边一幢6层高的楼房，走进那间公寓，肩头上的雪也会融化的。这样想着的时候，那落在他肩头上的雪，何尝不是落在历史肩头上的雪——有人可以把它用手拂去，有人可以用它攥成雪球打人——我看见他走进了那幢楼，他走上楼梯，拐弯，再走上一层楼，在一个门口停了一下，就推门进去了——那间不大的餐厅中央，火炉旁边正围着一些人：勃洛克、马雅可夫斯基、夏里亚宾、扎米亚金……他们，都在等他。

　　此刻，天空晴朗，白云飘飘……

　　　　　　　　　　　　　　　　　　流放在 温暖的 西伯利亚

乘高铁到克林，坐老爷车到莫斯科

一、到克林去

告别圣彼得堡那天，我们早起，检查双肩包，放好护照、火车票，把所有的鸡蛋都煮了，烧开水泡面，再放一根火腿肠，俄罗斯碗面的味道也还不错，要有两棵香菜就更地道了。饭罢，把卧室、客厅和厨房收拾干净，又拖了地，将洗手间也规整了。宁宁把500卢布放在茶几上，这是我的失误造成的关于电水壶的索赔——这个有趣儿，后面细说。

好了，现在锁门，下楼，到了一楼，把钥匙放进房主的收报箱。不像三年前，离开圣彼得堡，夜航东飞北京，有些不舍，今后还有一周要继续行走俄罗斯，而今天要去寻访的小地方，绝对是赫赫有名。关上楼洞沉沉的门，我抚摸了一下密码盘，抵达这里的第一天，打开这道门的过程如同侦探小说的细节——5012——这密码想忘都难。

来到路上，凉风带着湿意迎面而来，再看东边的天空，灰青灰青的，近处乌云朵朵。我们加快脚步赶往"干草市场"地铁站。到了里面划卡，显示10，真是十全十美。地铁卡是来的第一天在莫斯科大街买的，7天10次，没一点损失。半个多小时出了地铁，天空已是阴云密布，一场雨随时都会劈头盖脸。穿过一条马路，绕了一个弯，再过

>二战纪念碑（范行军摄）

第二条马路时，雨点就打在脸上了。再次庆幸此行只带一个双肩包，显示了轻装的好处，可以跑。跑过马路，一口气跑进火车站。开车还要等一会儿，就站在门口看外面的雨。雨中的车、灯光和急匆匆的行人，叫人想起两行诗："人群中的脸庞幽灵般隐现／湿漉漉，黑色树枝的花瓣。"[1]同时，就看到一个身影，拖着一个大大的旅行箱。不是别人，正是我——2015年，也是8月，从莫斯科到圣彼得堡，下了火车匆匆坐上大巴前往喀山大教堂[2]，去看库图佐夫[3]。现在，我很想看看这座火车站。一定是老天感应到了我的心思，雨一下子就小了，就赶紧跑出去。火车站是老式的俄罗斯建筑，黄白相间，与这座城市的其他楼房一样，不高，普普通通的。回头再看，胜利广场上的二战纪念碑高高耸立，塔尖上的五角星熠熠闪光，衬托它的云彩不见了乌黑，左边露出了天蓝，右边显出了白光，太阳就要出来了。雨好像停了，行人不再脚步匆匆，有人收起了雨伞，背光的那些店铺还都亮着灯，红得有些朦胧。如今，这座引爆十月革命的城市，红色已经退出了主流色系。最好看的红，是在公墓，在陀思妥耶夫斯基墓地前，在柴可夫斯基墓地前，在希施金和库因奇墓地前……朵朵玫瑰，枯干了的，也是玫瑰，还是红。

---

1. 艾兹拉·庞德（1885—1972）的诗《在地铁站内》。
2. 喀山大教堂：位于圣彼得堡的涅瓦大街旁，由俄罗斯建筑师沃罗尼欣设计，1801年8月奠基，历经10年竣工。
3. 库图佐夫（1745—1813）：俄罗斯帝国元帅、军事家、外交家。1811年至1812年率军结束第7次俄国与土耳其战争。1812年，法国皇帝拿破仑发动对俄战争，库图佐夫晋升陆军元帅，重任俄军总司令，他成功地制定了"焦土战术"，主动放弃莫斯科，诱敌深入，同年底将法军全部驱逐出国境，他在追击拿破仑途中病逝，葬于圣彼得堡的喀山大教堂。

流放在温暖的西伯利亚

回到火车站，时间刚刚好，直接往站台走。俄罗斯火车站不在候车室检票，乘客到火车车厢门口排队验票。来到9号车厢排队，拿出护照、打印好的车票，递给乘务员，她看了又看，冲我们摇头。宁宁马上用英语与她沟通。坏了，她听不懂。不会是假票吧？预订票时就碰到过一个"钓鱼"网站，钱打过去了，石沉大海，损失1000元不说，耽误了一周时间。这时宁宁说，她可能要看那张国际护照——办理出国手续时，俄罗斯大使馆签发的——旅行社人员特意提醒，除了护照，这张纸在俄罗斯必须随身携带。找到了，递给乘务员，她看了一眼，一扭头，示意可以通过。

上车，坐稳当了，再看窗外，彻底放晴了，天空露出大片的蓝色，云彩一大朵一大朵的。这里的云彩飘得很低，要是住在20层的楼房，伸手就能抓到一把。目光回落，一对情侣在对面高铁的车窗前紧紧相拥，让我想起在列宾故居与那位馆员大妈的拥抱。我的拥抱被理解了，我们获准可以在故居里拍照。

火车开了，我飞快地补写了落下的日记，然后拿着旅行杯去打热水。座椅中间的人行道很宽，也没人把腿跷起来，可以像在大街上一样阔步向前。俄罗斯人习惯喝凉水，出门在外，看不到行人背包外面的网兜里插着旅行杯的。我一直走到最后一节车厢，打到了热水，竟有一种满足感，往回走就放慢了脚步。大多乘客不是睡觉就是看书，也有玩手机的，但没人大声地打手机，也没人玩扑克，用平板看电影和玩游戏的，一概戴着耳机，聊天的也都把声音压得很低。车厢干净。行李架上很空，没有大包小裹。回到座位，放下旅行杯，去了一趟洗手间，第一印象就是大，再就是干净，洗手盆上的镜子没一个水渍。三年前从莫斯科到圣彼得堡，也坐的高铁，洗手间同样的干净，没异味。再次回到座位，列车左边是一片清亮亮的湖水，云彩飘在湖面，像肥胖的鸭子。

9点50分，到了特维尔。我们下车，需要换乘另一趟火车赶往克

>窗外的云（范行军摄）

林。跟着前面的人沿着火车道往前走，不多远，右边出现一个不大的房子，原来是火车站。它太小了，不比一个篮球场大多少。我们预感到的麻烦立刻显现，电子显示屏的火车时刻表让我们彻底蒙圈，全是俄文，形同天书，而广播声更是给烦恼再添一层乱。宁宁的英语再次用不上。我们像无头的苍蝇转了好几圈。这样的情形与叶赛宁跟着邓肯到了美国也差不离：看不懂英文，面对一大堆报刊，干瞪眼。最后，宁宁总算琢磨懂了一个列车时刻表，在上面发现了俄语的"克林"。可是，又看到一个单词，几乎一模一样，立时又不敢确定哪个才是"克林"了。坐错了车，可就惨了。我赶紧用微信联系国内的尹岩老师，她通俄语，只要她翻译过来的"克林"与列车表上的对应上，就 OK——可是，没成功。再也找不到任何帮助了！宁宁只好把事先查找好的俄语"克林"写在纸上，来到售票口，递进去。女售票员看着那张纸，说出了"克林"的发音，我们点点头。宁宁又伸出两个手指头，我赶紧往前站，意思是我们两个人，需要两张票。总算拿到了票，但想到市区走一走的想法还是被压制下去了，担心节外生枝，耽误去克林，从那里还要赶往莫斯科的，而如何找到预订的民宿，这些都叫人行事必须谨慎。既然不出去了，就在椅子上坐下吧。但遗憾随之而来，因为语言障碍，我们被自己困住了。也别闲着了，我把票面拍下来，再给尹岩老师发过去，求助是哪节车厢哪个座位，票面上只有一个乘车时间，别的一概看不懂。尹岩老师回话了，票上看不到相关的信息。好吧，只要是到克林的，就成。接下来，我和宁宁再次慨叹起了语言的重要性。不过，像我们两

流放在 温暖的西伯利亚

个不懂俄语的人，硬是闯到俄语的地盘浪一圈，还到处乱跑，还要到克里米亚半岛的雅尔塔，再跟着托尔斯泰的脚步西行到塞瓦斯托波尔，傻乎乎的，也挺刺激。

火车快到了，验票出站，把票递给站台上的乘警，他示意我们顺着铁道往前走。走不远，遇到三个美丽的志愿者，看了我们的票，微笑着指着前面已经有人候车的地方，其中一个姑娘还比画着，火车是从左边开过来的，我赶紧说"斯巴细巴"（谢谢）。等到与一些候车的人站在一起了，还是不确定，又将票给一个人看，对方点头了，才放心。我看了看站外，除了密密麻麻的电线，还有大朵大朵的云，看不到太多的景致。火车驶过来了，我们带着坐错车厢上车再找的无所谓态度，排队等着。车停稳了，队伍竟然散了，向车门挤去。我这时发现，只有我们手里捏着票。于是脑子灵光一闪，这趟火车不是"对号入座"的。果然。车里很宽敞，座位很多，还是那么干净。

车开了，车厢间门口上方滚动的电子屏上显示，克林在第二位，第一个是地名还是名词，这关乎我们是第一站下车，还是第二站下车。问了几个人，总算有个女人用英语说了"TWO"。OK，我们又化解了坐过站的危险。

40多分钟后，我们下了车，看到站台上的广告牌，认出了俄语"克林"一词，心情特爽。出站台，走出车站，回头再看，感觉方才不是从火车站出来的——就是一个封闭的过街天桥。再转过身，前面是个不大的广场，东边停着一些客车，还有一家肯德基；正面的马路旁边是一些不高

>克林到了，宁宁在前面大步流星（范行军摄）

的建筑，半新不旧的。路上的车不多，人也少；右边有一家麦当劳。我们决定就在麦当劳解决午饭。可口可乐在哪里都是一个滋味，但也算得上是人生百味之一味了。此时，一顿正儿八经的俄餐也许更好，但也未必，吃饭到底还是吃的心情。我的心思不在这儿。

我在想，此处是不是拉吉舍夫[1]《从彼得堡到莫斯科旅行记》的克林驿站。要说这本当时没有署名的旅行记可是招惹了叶卡捷琳娜二世，1790年6月的一天，女皇读了几十页就暴跳如雷，下令找出作者。她在书中批注："充满了咒骂的声音"，"以邪恶的力量威胁沙皇"，"他是一个比普加乔夫还坏的暴徒"。作者很快被抓到，刑事法庭判决拉吉舍夫死刑。这时女皇故作姿态，宽大为怀，将作者流放到远疆10年。她以为，拉吉舍夫早晚得死，不是死在流放途中，就是死于流放地。可是，6年后女皇驾崩了，思想家还活着，但他最后还是死于对变革的绝望，1802年9月11日服毒死去。我嚼着汉堡，想到拉吉舍夫在克林这一章讲的故事：一个双目失明的老人在驿站大门口唱一首古老的民歌，曲调简朴，歌词柔和，动人心弦，使得听众深受感动，更为主人公的离别洒下泪水。一曲结束，围观的人纷纷向老人送东西，都是四分之一戈比和半戈比的铜币，还有面包。当他将一戈比放在老人手上时，老人认为给得太多了，坚决不要，后来说，你要给就给我有用的东西吧，你有没有旧围巾，当我嗓子疼时，我就围上它，它会使我的脖子暖和，嗓子就不疼了。老人又说，如果你需要一个叫花子的怀念，我会记住你的。他就把自己的围巾系在老人的脖子上。他回来再经过克林时，想看看老人，却找不到这位盲歌手了。有人告诉他，老人死了，临死前还系着他的围巾，人们把这条围巾和老人一起放进了棺材。

很快，我们出了麦当劳，在广场上转了一圈，结果很失望，没找

1.拉吉舍夫（1749—1802）：俄罗斯早期革命知识分子的代表，俄国解放运动史上第一位作家，著有《从彼得堡到莫斯科旅行记》。

流放在 温暖的西伯利亚

到想要乘坐的车。正是中午，阳光热辣辣地射到脸上，带着土的干燥气息。我们来到马路，往西边走，留意路边停着的几辆中巴。车上标注着"18"的车门开着，我们上去打听，司机摇摇头，只好再下来。当上了车上标注着"5"也是第三辆车时，司机点头了。安心坐下，不过几分钟，车就开了，不到20分钟，我们下了车，知道此行的目的地不远了，也更茫然了。虽然"谷歌"指出了方向，但还得找人确认一下才保险。我们走到一座不高的旧楼前，不大的院子里停着几辆旧轿车，有三个女人在聊天，我们走过去拿出照片，一个女人指了指西边，那里是一片茂密的树林，什么也看不见。我刚转身，一辆小轿车开进来，停在不远处，下来的是个30多岁的高个帅哥。我向他走去，但还没等开口，他就指着前面的那片树林，非常坚定，发出我能听懂的俄语——柴可夫斯基。天啊，他竟然如此地清楚，我们两个东方人千里迢迢，为谁而来。这情景，让我为柴可夫斯基感到骄傲，也为自己的到来感到自豪。

克林，如果不是柴可夫斯基的故居在此，很多人不会长途跋涉赶来，朝圣一般。一个小小的地方，常常因为一个卓越的人，在这里生活过，就成了世人的神往之地，而人们到此虽然停留短暂，却可长久地慰藉心田，这到底说明了什么？至少能说明一点：人之贡献必得爱戴之供养，供养共存。

我和宁宁直接从一条小路向西走。

终于，我们看到了柴可夫斯基，他在森林里。

如果我们再往远走一走，还能看到普希金——当年，他多次来到克林的杰米雅诺夫村居住。我们还能看到托尔斯泰，他就在克林创作了短篇小说《三死》。还能看到被涅克拉索夫称为"真正的哀悼诗人"的谢洛夫，他在克林完成了著名的《乡村复活节的宗教巡行》《闲谈中的猎人们》《村头布道》。还能看到瓦斯涅佐夫，他特别喜欢到普希金住过的村子，1903—1916 年间，他每到夏季都要在此待上几个月，安心绘画。

二、到莫斯科去

告别柴可夫斯基，我们心满意足，坐车原路返回火车站时 3 点多了。来时回头看，觉得这里就是个"过街天桥"，当想买

>柴可夫斯基纪念雕像（范行军摄）

票时就更觉得是了——找不到买票的地方。看着一座古色古香的红砖房想进去瞧瞧，吃了闭门羹。问了好几个人，最后一个女孩连说带手势的，算是让我们明白了：要买票，得上天桥，再下去。听话照做。我们一直走到天桥尽头，从右边下去时看到左前方有座大房子，会是售票处和候车室吧？可是，走到跟前又不见有人进出，硬着头皮推门进去，走过不长的走廊，再往里一看，像是一个货场，退回来看到洗手间的标志，一想也不能白进来呀，放松一下吧，再洗把脸，凉快凉快。出来时看到前面有一个房子，开着不大的窗口，上面的牌子上写着几个地名和数字，好家伙！这就是售票处了，一副姥姥不疼舅舅不爱的样子。这一次宁宁有经验了，直接在纸上写下俄语"莫斯科"和距此时最近的一列火车，再和卢布一起递过去。我照旧往前，显示我们需要两张票。得到票，再询问到哪里乘车，看明白了她的手势，重新上了天桥，从左边下去。估算了一下，坐上火车，一个多小时就到莫斯科了。

火车来了。看着不对劲，不是上午坐的那两列的模样：漆皮锃亮，色彩明快，窗户广阔，流线型——眼前的家伙铁皮车厢，虽然油漆喷得红白相间，却也遮盖不住窗户上的水渍斑驳，车门开了，脚踏的地方（此处省略若干字，请看图吧）……但它到来的时间绝对准时，

流放在 _{温暖的} 西伯利亚

方向也不错，就是我们要坐上赶往莫斯科的火车了。上车吧。上来更是傻眼了，座位都是铁的，包着硬塑料，没有空调，窗户上面还有一个不宽的长条窗户，开着，跟圣彼得堡的地铁一样，耳边再次回响起那噪音的强悍。火车启动了，咣当一声，俗话说"吓死宝宝"了。值得安慰人的就是，偌大的车厢，就我们俩，地地道道的包厢。此时此景，我们不能不傻笑一番，对面坐了，安之安之，毕竟又走在正确的道路上了。座位宽敞，两腿随意摆放，倒也舒服。可没几分钟，车停了。坏了？不，是到了下一站。调整了一下坐姿，以为会上来新的乘客。又过了几分钟，又停了，又是下一站。第4站之后，我有点坐不住了，想到另一节车厢看看光景。车厢与车厢之间的门，是木制的，

>从克林开往莫斯科的老爷火车

第一道对开，来回扑闪，走过去就是第二道门，是推是拉——犹豫之时，脚下又是咣当一声，门没拽开也没有推开，再一试，原来是往旁边拉的，刚想走过去，看到地板上隆起一大块，颤颤巍巍的，得迈大步跨过去。又一声咣当。好吧，我决定停止探险。乖乖回到座位。我们依然享受包厢待遇。

喝了一小口水，不敢喝多，担心内急找不到洗手间，别再像前几天去列宾诺的那个早上，在地铁站找不到洗手间，只好跑出来，在大街上四下找寻，狼狈不堪，最后跑到一家小饭店解决了事。要说这列火车还真是老爷车：行李架也是铁的，露出本来的黑色，严肃呆板；窗户玻璃上的铁锈弯弯曲曲，像做旧的山水画，如果没有非常清晰的抹布来回抹过的痕迹，倒也别致；座位硬可以理解，也是铁的嘛，包着硬塑料，到处都是划痕。

车又停了。第 7 站了。我们失去了包厢待遇，又上来几个乘客，都是上了年岁的。我们前面，坐着一个老头，一把白胡子，头发却焦黄、稀疏，看着窗外；一个老女人，头戴着花围巾；还有一个女人戴着宽边帽子，又白又粉。他们就是坐着，不看手机，不睡觉，各有心思吧。

我有些不耐烦了。这样一站一站地停下来，到莫斯科得 3 个小时吧。还好，我有柴可夫斯基的《船歌》，听着，故居里那些珍贵的图片又浮现出来，间或，阳光从窗外的树叶间照下来，光影晃动，列车减速时可见高处的土坡上，毛毛狗随风摇摆。

车又停了，又是咣当一声，又是车厢猛地一晃，老爷车的加速度倒也不慢，一头老牛不服输似的，嗷嗷狂奔。这时后面一阵响动，就见一个小伙子跑过来，气喘吁吁的，又跑到前面的车厢，紧接着跑过来两个乘警，也是气喘吁吁。这段小插曲过后，从前面走过来一个年轻的女人，短发，戴墨镜，不是很漂亮，却有些气质，别处不坐，偏偏坐在与我们同排的过道右边空位，这样就妨碍了我可以肆无忌惮地观看那边窗外的风景了。不过，该看的时候，还是要看几眼的，她的侧颜孤单，安静，略微右转看着窗外。她的到来，给整个车厢带来一丝神秘，至少我和宁宁说话的声音放低了很多，腿脚也不好直愣愣地伸向过道了，想来有点好笑。

>在老爷火车上（范行军摄）

我开始默记列车停了多少站：9，10，11……19，20……没有乘务员过来验票打扰你，没有乘警慢悠悠地走过，没有推着小车的服务员说着"有要鸭舌鸭脖牛肉干矿泉水的吗"。

百思不解，俄罗斯竟然还有这等老爷车，且是驶向莫斯科的。可是又一想，这非但不能说是落后，而且得说这是一种实实在在的服务。莫斯科周边的小镇、乡村的老百姓，要是到市里走亲访友，或者就是逛一逛，乘坐高铁的话就要买很贵的票，而一些老人又有时间，还不着急，高速度恐怕意义也不大，如果客流不多，更是浪费。如是，让老爷车继续老当益壮，应时，也应景。

这样一想，心安多了，不就是晚一点到莫斯科嘛。再想这一路的磕磕绊绊有惊无险的体验，赚大了。可能这辈子也不会再坐这样的老爷车了。于是乎，心情极爽。25 站后闭目养神，为下火车再坐地铁到马雅可夫斯基站，出来寻找民宿养精蓄锐，好在抵达圣彼得堡那天，已经掌握了一套如何打开密码锁的技术。恍恍惚惚的，车停了再开，过了 30 多站了，再睁开眼，阳光从右边的窗户晃进来，而那个年轻女人不见了。

但前面，就是莫斯科了。

这一天，步行、地铁、高铁、城际专列、老爷车、再地铁、再步行，真是做到了快慢结合、张弛有度。哈哈，不想这样也不成哈。

所以说，还是得走出来，而越是不确定性，越是折腾，越好玩。

三、电水壶

现在，就来补充一下电水壶——前面说到的"索赔"事件。

前天早上，我冲完淋浴想着要补记日记，再做上水煮鸡蛋，两不耽误。可是不一会儿就闻到一股胶皮烧煳的味，抬头一看，电水壶烧着了。我的天啊，原来，我稀里糊涂地把它放到了燃气灶上并点着了火。这蠢的，够讲好几年了。当晚，我们特意去看起来很像"干草市场"的地方，打算买一个新的电水壶，可大多店铺都关门了，还营业的也没那东西。那就买点水果吧，可每一样看起来都不如国内的水灵，也就算了。说到电水壶，那就干脆把有关电水壶的故事——我觉得是故事——都说了吧。

>民宿的开放式厨房（范行军摄）

当晚我们来到莫斯科，入住的民宿是两套间，房间布局、厨房设施、卫浴条件等，比此前的好很多，入门旁边的鞋架上，竟然留了一把雨伞，很暖心。等到我们从柴可夫斯基音乐厅的西餐厅美美地晚餐回来，想烧水泡茶时，宁宁拿着电水壶却到处找底座，厨房没有，客厅没有，卧室没有，我都去洗手间找了，还是没有。我笑了，一定是这个女房主能掐会算，知道房客之一会把电水壶坐到燃气灶上去烧，为了避免损失，将底座藏起来了。接下来的几天，我们就是用大勺烧水，再倒进旅行杯，然后泡茶。哈哈哈，味道真的不差。

再过几天，我们三更半夜从莫斯科飞到辛菲罗波尔，再打车凌晨4点到了雅尔塔，好不容易进了酒店房间，想喝点开水，好吧，别说电水壶的底座没有，连电水壶的影子都没瞧见。还能说啥，人家是更有先见之明呗。第二天在楼下漂亮的女经理办公室，她听说我们凌晨4点才到，大吃一惊，我们应该下午2点钟到的，她一直等我们到晚上8点。我们没给她讲我们是被乌拉尔航空公司无赖地"甩下"了早上9点多的飞机，且下午5点的飞机一次又一次地晚点到半夜了才起飞——我们想要一个电水壶。她笑了，说酒店好几年都没来东方客人了，所以就没预备电水壶。说着，人到里面的一个小屋，拿出一个电

流放在 温暖的 西伯利亚

水壶给我们。她显然省略了东方人的肠胃太娇气，不敢喝凉水。这个得承认，习惯使然。

对了，说到那天告别圣彼得堡，我拍了一下门上的密码盘，觉得这辈子都不会忘记它的密码，其实难以忘怀的还有昨天傍晚登顶了伊萨基辅大教堂[1]。这座俗称金顶大教堂的雄伟建筑，我们是通过看起来很神秘的旋转楼梯盘旋而上的，一开始还觉得石头楼梯不高，越到后来越觉得吃力了，我还不好意思停下来喘口气，让超过的人笑话。其实根本没人看你。当来到教堂顶上，清风拂面，环看四周景色，不是心旷神怡，而是灵魂都要出窍了，浑身飘轻，跃跃欲飞。向北看，一条闪亮的河就是涅瓦河了，那一大片绿树环绕的草坪无疑是十二月党人广场。在南面，两侧都是古老的建筑，之间是漂亮的草坪，有人或坐或躺，就像小玩偶，而在地面需要仰视的高高在上的尼古拉一世[2]骑马的青铜雕像，也不过如塑料玩具。在东边和南边，大朵大朵的云彩，有的如棉絮的卷边染上了玫瑰红，只过了一会儿，它们竟然连成一片，阵势威武，仿佛兵临城上。我的目光掠过西边，开始找寻赫尔岑大街，想着要去走一走的。

我们从伊萨基辅大教堂下来，就往南走，走不多远向右拐，走上了赫尔岑大街。到此，是想去看纳博科夫故居。果然，看到一扇门上贴着蝴蝶。但遗憾的是我们来晚了，不能进去参观了。

遗憾是旅行的一部分。如果没有3年前的遗憾，我就不会重读几千万字的俄罗斯历

>纳博科夫故居的门（范行军摄）

1.伊萨基辅大教堂：1818年建造，1858年竣工，与梵蒂冈的圣彼得大教堂、伦敦的圣保罗大教堂和佛罗伦萨的花之圣母大教堂并称为世界四大圆顶教堂。
2.尼古拉一世（1796—1855）：俄罗斯罗曼诺夫王朝第15位沙皇（1825—1855），继位时镇压了"十二月党人"起义。

>纳博科夫故居（范行军摄）

史、哲学、文学，就不会在 3 年后再次来到这里，还在 8 月，带着空
杯，到一个新地方，就装一次新的水……

>旅行杯、棒球帽、笔记本，作者的旅行标配（范行军摄）

流放在 <small>温暖的
西伯利亚</small>

是如歌的行板，更是悲怆交响曲

一、如歌的行板

在我马上走近了他最后生活了两年的地方时，心情还很复杂。

柴可夫斯基，我敬佩，却不敬爱。

这与他的同性恋无关。我深爱他的音乐，甚至深爱着他的忧郁和痛苦。也许，能够充分解释我千里迢迢到此的原因，克劳斯·曼[1]的这段话，再好不过：

> 伟大的人物，在行为、思想和艺术成就上，也代表了这个时代的问题和疑惑，连同它的光辉。……他们每个人都有自己的缺陷和弱点，当我们看到他们的伟大和力量时，不仅产生敬畏，而且也满怀同情：只有这样，他们才使我们感到震撼。

从克林火车站乘坐小巴士不到 20 分钟，下车，问了路，我们就穿过一片草地向西，走向一片树林，树荫浓密，清凉如水，一时间有一种要去探险的感觉，胳膊上顿时是一层鸡皮疙瘩。树林突然没路了，只好

1.克劳斯·曼（1906—1949）：德国作家，代表作有《火山》《悲怆交响曲》，其父是托马斯·曼。

向右，走上一条柏油路，继续向西，阳光明
晃晃地烤下来，浑身一下子又热起来。走不
多远，来到一条宽阔的南北大道，问了两个
路人然后向南，不一会儿就见路左有一幢漂
亮的绿白相间的建筑。再看周围已没有更显
眼的房屋了，无疑，我们来到了柴可夫斯基
纪念馆。走进大厅，看到作曲家的画像，心
里顿时释然，终于到了。存好包时，过来一

>克林街头的柴可夫斯基画像

个漂亮的年轻女人，是导游。她问了我们来自哪里，然后说，她到过黑
龙江。在这里，突然听到一个女人讲汉语，听起来是那么的舒服。她领
我们从右边的门出来，指着东面的森林说，柴可夫斯基故居就在那边，
可以先去看看，回来再参观一下这里。这时突然下起雨来了，她就在雨
中和我们说话，还说不用担心，雨下不大，说着话雨就小了。

我们顺着小路往森林里走，空中飘着零星的雨点，亮亮的，有风
吹过，高高的树叶上就往下滴着水珠，落在身上凉凉的。走不多远就
见左边有个不大的小广场，一个人坐在长椅上，细一看，是一座柴可
夫斯基纪念雕像。他的右手臂搭在椅子最上面，手拿礼帽，左手捧着
一本展开的书，一根手杖挨着右腿。

我们向故居走去。

当走进了故居时，礼帽和手杖便以真品
陈列了，更吸引人的是那根指挥棒。我当然
在意它到底是不是门德尔松或是舒曼使用过
的，更在意音乐的种子何以会种在他的心
田。我不大相信他 4 岁就能作曲了——他的
一生被"删改""涂抹""掩盖""虚构"得
太多了。但他 5 岁就师从老师学习弹钢琴，

>作者朋友孔宁在柴可夫斯基纪念雕像前（范行军摄）

流放在 温暖的西伯利亚

没什么可怀疑的，那是 1845 年。3 年后的秋天，母亲带他来到彼得堡，上了皇家法律学院的预备班，可他自从在马林斯基大剧院里看到格林卡的《为沙皇献身》，他开始为音乐激动。他在这里学习到第 9 个年头，母亲去世了，他悲痛万分。

>走向柴可夫斯基故居（范行军摄）

此刻，他手捧书的姿态被房间里随处可见的书架印证了。好多书，与在雅斯纳亚·波良纳托尔斯泰故居看到的一样，大多都是高高的、厚厚的，精装，黑色，深蓝，墨红。他酷爱读书与他精通法语、意大利语有关，他还会一点德语，一直在学习英语。他阅读广泛，既读但丁、弥尔顿、莎士比亚、拜伦、雨果，也读普希金、托尔斯泰、陀思妥耶夫斯基。他非常喜欢果戈理的《死魂灵》。他也喜欢哲学，读叔本华、斯宾塞。他一边阅读一边随手记下感悟，将这些笔记整理出一本书，想来会成为畅销书的。他读托尔斯泰却不喜欢《安娜·卡列尼娜》，给弟弟的信中说："我又读了一部分《安娜·卡列尼娜》。这部书看似在进行深层的心理分析，实际上，它低级粗俗、一派胡言。"此前的 1876 年 12 月，伟大的作家听了年轻作曲家《第一弦乐四重奏》的"如歌的行板"，感动得流下了眼泪，说"我已接触到苦难人民的灵魂的深处"。这让他十分激动，在日记中写上："在我以作曲家自诩的一生中，至今还没有得到过这样的满足和感动。"两人后来又有见面和通信，却没能深交，原因在柴可夫斯基。也许是他天生的内向、不爱交际，也许是托尔斯泰会给他某种压力。他的日记留下心迹：

我遇见托尔斯泰的时候，内心被一种恐慌和不安所占据，……

这位伟大的心灵探险家，只要看我一眼，就可以洞悉我心底的秘密，我觉得在他面前，一个人绝不能隐藏起在灵魂深处的那些不洁，也不能摆出好的一面来。

这段日记，可以作为探察作曲家内心世界的一面镜子——他的一生，都不得不隐藏一些东西。

我慢慢走着，只要房间里有书架，都会过去透过玻璃寻找两本不会太厚的书，那是契诃夫的小说集。柴可夫斯基在托尔斯泰面前是晚辈，在契诃夫跟前绝对就是长辈了，他比年轻的作家大了 20 岁。他们于 1888 年、1889 年见了两次。1888 年 12 月的一天，契诃夫在彼得堡见到了景仰的作曲家，再一次是作曲家回访作家，在莫斯科，所以契诃夫在梅利霍沃故居书房的书桌上，有一张柴可夫斯基的照片就不足为怪了。第二次见面，作家送给作曲家一本再版的《短篇小说集》，著名的小说《草原》收录在册。这一次契诃夫表示要献赠给作曲家一部书，这就是 1890 年 3 月出版的《忧郁的人》。但当时作曲家不在国内，契诃夫在给作曲家弟弟的信中说："我想，这次微薄的献赠，只能部分、微弱地表达我这样小文人对他这位极具才华的大师崇高、极度的敬意，由于我不具备任何音乐天赋，所以不能让这种敬意跃然纸上。"其实，这是契诃夫的一贯谦虚。一篇研究文章《柴可夫斯基、契诃夫和俄罗斯挽歌》认为："契诃夫散文对柴可夫斯基触动最深的是它的音乐特质，在这点上，他尤其赞赏《古塞夫》。……另一位俄国作曲家肖斯塔科维奇认为，这个故事是'整个俄罗斯文学中最具音乐性的一篇散文'。这当然绝非偶然。肖斯塔科维奇去世的那天晚上，让

>柴可夫斯基的书架（范行军摄）

流放在温暖的西伯利亚

妻子读给他听的就是这篇《古塞夫》。"为此，我不止一次地打开《契诃夫全集》第八卷，重读这篇小说。我一定是太笨了，没读出一点"音乐性"。在契诃夫看来，柴可夫斯基是俄罗斯第二重要的艺术家，仅次于托尔斯泰，排在第三位的是画家列宾。

几天前在列宾故居就看到过安东·鲁宾斯坦的雕像，在这里又看见时就有一种亲切感。柴可夫斯基的这位老师，有着宽大的额头，之上蓬勃着愤怒的头发，像极了贝多芬。其实，那日在涅夫斯基修道院的季赫温公墓，也见过这愤怒的头发，当从柴可夫斯基的墓地转身，冷不丁看到他在不远处，站在草丛中，有些寂寞。当然，看到学生这边人来人往，老师应该是欣慰的。1862 年 9 月，圣彼得堡音乐学院成立，安东·鲁宾斯坦成为学院的首位院长，柴可夫斯基成了他的首批学生之一，学生跟老师学些管弦乐编曲和作曲。过了半年，学生就做了一个选择，从司法部辞职，他不想再做一名音乐爱好者了，他看到了自己的未来——优秀的作曲家。他向老师学习，向民歌学习，总是长途跋涉来到乌克兰基辅附近的卡缅卡——妹妹和妹夫的庄园——收集民歌——这一点，他要比果戈理强很多，这位前辈作家总是让母亲和妹妹帮他收集乌克兰的种种民间传说、妖怪故事。

他在 1865 年 12 月从音乐学院毕业了，获得了银质奖章，这是对学生的最高奖赏了，那时还没有金质奖章。

1869 年，他再次来到卡缅卡，被一个泥水匠哼唱的民歌"凡尼亚坐在沙发上"深深地吸引了，立刻记录下来，后来在创作《第一弦乐四重奏》时，成为第二乐章的主题也即"如歌的行板"，成为托尔斯泰的眼泪。

他如愿成了作曲家，又成为指挥家。1887 年 1 月 19 日，在莫斯科，他第一次拿起指挥棒。

我很多次想象他指挥的样子，结果想到的是他的胡子白了，头发灰白而蜷曲，发际线像遭遇了迅猛的北风的雪，节节后退。

二、被删改和被掩盖的真相

如果说圣彼得堡的夏里亚宾故居的暗，有一种舞台效果，仿佛大幕随时拉开，上演一出好戏，柴可夫斯基故居的暗，就散发着阴郁的气息：灯光很暗，房间很暗，家具很暗，就连窗帘都是暗的颜色，很厚，虽在窗户一边，也好像要将照进来的光吸收。地毯也厚，踩上去悄然无声。

一张书桌上，自然光恰好照在上面，是他的作曲手迹——会是《悲怆交响曲》吗？上面的勾勾抹抹，令人不能不想到一些词：删减、涂改，甚至是剪掉。这里还有此前的纪念馆，藏有 20 万件展品，而这里之外，到底还有多少所谓的真相是经过了涂抹的，是被打扮过了的？

1893 年 12 月 6 日，柴可夫斯基在彼得堡去世，不久，他的弟弟安纳托利给另一个弟弟莫戴斯特写信："关于克林，我个人希望在那些有任何可能使他的名誉蒙羞的东西全部销毁之前，除了你我之外，再无他人触碰留下来的所有文件或书信……"所谓"蒙羞的东西"，即涉及同性恋的日记、书信等。安纳托利非常担心哥哥的那些日记、恋人来信，以及留有的书信底稿，被外人所知。柴可夫斯基在给弟弟的信中从不回避自己的性取向。1875 年 1 月初他给安纳托利写信："我那该死的同性恋在我和其他人之间制造了不可逾越的鸿沟，它让我过分羞怯、与人疏远，我害怕别人，不相信别人，……让我越来越不合群。你能想得到吗？我

>柴可夫斯基的手稿（范行军摄）

流放在 温暖的 西伯利亚

经常想进修道院或其他类似的事情。"

还记得他在日记中流露出的不敢面对托尔斯泰吗？其实，他不敢面对的不是一个作家，而是自觉地在自己与不是很熟悉的人之间，挖了一道深深的"鸿沟"。他不愿意被观照，被审视，更怕被透视。1885年他就开始在克林租房居住，远离众人，和树在一起，与河在一起，与蘑菇和鸟在一起，让他感到安全，内心宁静。

克劳斯·曼捕捉到了作曲家的隐秘心理："我恨不认识的人，我怕见人，我胆怯。"他在《悲怆交响曲》里还讲了一件事：1887年12月29日作曲家抵达柏林，很多崇拜者要为他举行早餐会表示欢迎，这也把他气得"像个狂怒的隐士，满脸通红"，坐上马车，告诉马车夫，"请拉我去动物园"。一路上他对所看到的陌生的一切，"感到心惊胆战。他又怕又恨。他周围的一切都对他敌视。他感到孤独，感到无助，感到危机四伏。甚至连明亮的天空也在威胁着他"。

柴可夫斯基的弟弟莫戴斯特也是同性恋，自然理解安纳托利的担心。他记得很清楚，哥哥在1878年9月中旬给他写信，又讲述了一次浪漫，"在两杯伏特加的帮助下，我爱上了他，到夜晚将近时，我都要融化了。我度过了美好甜蜜的时刻，它们能让我与这种无聊、庸俗的生活重新和解"。除此之外，这个哥哥，"对事事感到无心、无聊，觉得周围的一切都让人觉得冷漠、厌恶。对我来说，莫斯科十足地令人讨厌。我已经决定了，我不能留在这儿，而且要依此行事，但眼下我不想得过且过，加倍小心地隐藏自己，避免一切社交活动"。

……很显然，这样的内容被外界发现，在那个时代，对伟大的作曲家意味着什么。研究证明，后来出版的作曲家与家人的通信，尤其是写给兄弟的私密信中，"经常有某些字、句子、段落和名字被擦掉、涂抹"。在苏联时期出版的作曲家的书信集，在5062封书信中，248封信被改动过。

我是在 20 多岁时才知道柴可夫斯基是个同性恋，那时正沉迷于抒情诗的写作，一时间无法接受这个事实。我先是不理解，待我理解了作曲家，又慢慢地尝试重新理解了他的一些音乐，像《罗密欧与朱丽叶》，像《悲怆交响曲》，我开始不理解：这真相如何被隐瞒得这么久？

那么，还有什么，是被隐瞒了的，并将继续隐瞒下去？

我当然无法知道，但也丝毫不再沮丧，既然清楚了许多真相都是假象，我在追寻与追问的同时，对世界与生活还有很多人，抱有了更多的宽容与理解，而且，敢想敢爱。

>柴可夫斯基画像

这也是对自己的善待。

当我来到二楼的一间大厅时，光线明亮了许多，这里宽敞，是客厅、办公室又是琴房。最明亮的光线是从南边凸出去的茶室的窗户照进来的。这间茶室不大，东南西三面都是玻璃，光线充足，落满一张铺着白布的小圆桌上。难怪作曲家喜欢坐在这里喝茶、阅读报纸和杂志。从这里举目前望，远处是一大片树林，近处也是树，蓝天上白云隐约可见。

环境优美的克林，注定是作曲家绕不过去的。

安东尼娜·米留科娃 1848 年就出生在这里。她在 1873 和 1874 年两年在莫斯科音乐学院学习，3 年后，她给柴可夫斯基写了几封情书，但柴可夫斯基并不爱她。他不想结婚，但父亲一直催促他早点完婚，这间多功能主墙的正中间挂着的照片就是他的父亲，一头白发在中间高高耸起，胡子也是白的，面貌威严，不难看出父对子有着严厉的一面，关键是这段时间有关他是同性恋的议论大有满城风雨之势，只有结婚才能平息。1876 年 9 月，他给弟弟莫戴斯特写信："我打算严肃地迈入合法的婚姻生活，要跟谁结婚无所谓。我发现，我们的爱好是通往幸福生活道路上最难以逾越的障碍，我们必须竭尽全力与我们的天性斗争……对我来说，我会竭尽全力，就在今年结婚。"

>柴可夫斯基和妻子

1877 年 7 月 6 日，柴可夫斯基和安东尼娜结婚了。这段婚姻是不幸的，还是不说女方的种种不是了，责任主要在他，他早在给莫戴斯特的信中已然说明这一点："我希望通过我的婚姻，……来堵住各种卑鄙之徒的嘴。"其实，他在收到安东尼娜的情书后，是抱着无所谓的态度的，只觉得这是一个机会。他没有为女孩子着想。不错，他很自私，也有着残忍的一面。新婚几天后，他就给安纳托利写信，说婚礼那天是"可怕的一天"，"至于性生活，确实什么也没有发生。我没有去尝试，……她事事都同意，从来没有不高兴，她只想爱护我照顾我。我为自己保留了完全的行动自由"，他还沾沾自喜，"我害怕聪明的女人，可我比这个女人高明许多，我可以如此轻松地掌控她，至少我一点都不怕她"。为了让弟弟放心，他又写信："我已经告诫过她，从我这里她只能得到兄弟般的爱。"又跟莫戴斯特说，"夜晚过得很平静，没有发生性关系，……她很合作，对我言听计从"。

一位传记作家这样说："她会成为他的一个温柔的、不骚扰他的伙伴——忠诚和没有需求，就像一条狗。"

非常奇怪，柴可夫斯基在这个问题上的龃龉，并没有妨碍我对他的音乐的喜爱。正因为如此吧，我来这里压根就不是要见证对他的热爱，而是想更为深刻地理解一个人，理解一个人不为世人理解的苦楚与孤独。更何况，这种孤独依然得不到更多人的宽容，就更加悲怆。

三、《悲怆交响曲》

在这间多功能厅又看见了书架，而在壁炉旁边的一个小书柜里，摆着很多他常用的乐谱，据说有莫扎特的、格林卡的，还有安东·鲁宾斯坦的。有书架当然要有写字台，而且很大，上面摆着笔筒、书写的东西，展品是由一个玻璃罩罩着的，又挨着窗户，反光使得眼睛看不清上面还有什么，倒是一个高大的漂亮台灯弥补了一点遗憾。写字台背面墙上有很多照片，最上面的就是安东·鲁宾斯坦。一架三角钢琴立在一大块四方地毯上，上面一尘不染。据说这是他的第二架钢琴，第一架钢琴送给了妻子安东尼娜。我想象了他独自弹琴和与朋友四手联弹的姿态。可能看出了我的发呆，馆员大妈走过来示意了我一下，关上两边的门，再走到茶室，立刻，房间里响起了钢琴声，天啊，是他的《船歌》。这首曲子听过无数遍了，但在这间房子里听到，心不由自主地荡漾起来，仿佛水面涟漪。我闭上眼睛，感觉涟漪慢慢归于平静。太好的享受了。我要求再听一遍，她看懂了我的态度，就又放了一遍，涟漪又慢慢展开，直到我看到墙上一张英俊的照片，这

就是鲍勃·达维多夫，他妹妹萨沙的二儿子，他的外甥。这里的琴架上放着他的《悲怆交响曲》的第一页，上面潦草地写着"献给达维多夫"。墙上还有一张他与外甥的合影：他坐着，腰板挺直，目光温和，面目平静，手杖在两腿间，左手拿着高筒礼帽，放在左腿上；外甥站在他左边，眉宇清秀，穿长西装外套，左手拿着礼帽。

　　我盯着这张照片，感到了一种压抑。我清楚，这沉重来自柴可夫斯基。我想迫不及待地离开这里了，可还是来到鲍勃·达维多夫住的房间。这里令人奇怪的是一张白色沙发靠着的墙上，挂着一幅油画，是一个戴着黑色毡帽的老年男人，嘴叼长长的烟杆，右手擎着，低头看着左手拿着的几张纸，应该是信吧。这间房子很宽敞，正面三个高高的窗户，外面绿荫可见，左边两窗之间的木墙挂着一幅少年的小画像，下面是一张写字桌，台灯也亮着，下面的相框里是一张柴可夫斯基的照片，黑色西装里的白色衬衣很明显，更明显的是白发和白的胡子。这张照片与作曲家卧室的那

>柴可夫斯基与外甥

双拖鞋，形成了鲜明的对比：拖鞋是包跟的，鞋面青色，上面绣花枝，鸟在花枝上，一左一右两只，脸对脸。他的脚下还花枝招展，头上已经霜压雪欺，多么不和谐。可是，他的生命就是"不和谐"的呀。

　　走出别墅，我不禁长长地出了一口气，浑身轻松了许多。旁边还有一个木头的配房，门开着，显然也有展品陈列，尽管不想再走进房子了，还是不想错过，又到里面看了看。房里陈列了很多曲谱，上面勾勾抹抹的。墙上挂着一张作曲家的黑白照片，左手肘支着桌沿，手掌托着脸，面容沉思，看得出来他很疲惫了，白发苍苍，唇上和下巴的胡子也都白了。这张照片与他外甥写字桌上的照片是一样的。一张桌子上有一个不大的小雕像，看着面熟，走近再看，是列宾。一个柜子上立着一座少年雕像，清秀如古希腊少年，可惜看不懂旁边的说明。

　　从这里出来，前面有个木头房子，过去看了看，里面破败不堪了，如果是桑拿浴室，也太大了些。它的右手边还有一处木头房子，像是马厩，在它与别墅之间有一大块草坪，一个小伙子正握着铁耙整理草坪上的落叶。我的眼前立刻幻化出了作曲家，他喜欢在花园里干活，锄草，种点什么，或者平整一下地。我过去示意想要除草，小伙子就把铁耙递给我。如果时间允许真想在这里多干一会儿。不是所有人都有幸，在他平整过的土地上，拿着铁耙，清理落叶的。

>作者在柴可夫斯基故居的草坪除草

　　绕过别墅，向后花园走去，左边是一条平整的小路，旁边高树参天，浓荫之间光线跳跃，右边是低矮的树丛和鲜花，空气清新。看到这些，很容易就能理解他为什么在1885年就来到克林了，而一搬过来就立刻喜欢上了这里。这里，太安静了，太适合他了。他可以安心地读书，慢慢地散步，每天步行10俄里。晚上与朋友打牌。3年后的春天，他又换了新的住处，当然还是在克林，阅读和完成作曲后，他喜欢喂喂鸡，或到树林里去采蘑菇。虽然有了安居之地，他还是总要出国，与以前单纯的旅行不同，他要参加很多音乐会，而他指挥自己作品的专场演出，越来越受欢迎。但是后来，每当出国时间一长，他就思乡，仿佛出去就是为了归来。1892年，他最终选择了这所更大的住处，周围有更茂密的森林和肥沃的田地，想放风筝就到原野上去。当地人也都习惯了这位著名的作曲家，出门散步手里常常拿着一个小本子，偶尔会在上面写着什么。他衣着随便，为人随和，没有一点架子。

走到花园尽头，回头再看故居，掩映在绿树与鲜花之中，而他好像就在那里，又不在那里。

生命的最后两年，柴可夫斯基常常旅行、指挥。1893年1月，他在布鲁塞尔又一次成功地指挥了一场个人音乐会，2月回到这里，开始创作《B小调第六交响曲》，这之后又是外出演出。到了8月，克林进入了夏天，他投入到音乐之中，有激情，也有烦躁。好在有个可爱面孔和苗条身材的美少年，与他多有交流。他不可遏制地毫无理智地爱上了自己的外甥，这成为他情绪稳定、精神愉悦的源泉。克劳斯·曼说："在这千篇一律的不安静和伤感的匆忙中，也有一个宁静的港湾，……这部《第六交响曲》就是献给他的……他热爱着这个远在天边近在眼前的人，妹妹的儿子，母亲的外孙；他的继承人、死亡天使和生命的捐赠者。他以强烈的内心炽热在爱他，爱得胸中发疼……"

就在这后花园里，他和外甥一起唱歌，一起除草，又到远处的树林散步，两人时常也会辩论。就是在这里，8月12日，他完成了交响

>柴可夫斯基墓地，圣彼得堡的涅夫斯基修道院季赫温公墓（范行军摄）

曲，在第一页上题献给达维多夫。11 月 6 日他在彼得堡因染霍乱临终前，大声呼喊的就是外甥的名字。

此刻，我坐在花园后面的亭子里，把胳膊肘放在凉亭的栏杆。前面有一棵高大的橡树——孤零零——多像他。尽管如今他已不再孤独。有太多的人，到他的墓地献上鲜花；有太多的人，在他散步的地方徜徉；而那树叶之间露出的绿白相间的房子，从此就建筑在了寻访者的内心深处。

>作者在柴可夫斯基故居后花园凉亭

这座庄园完好地保留下来，要归功于一个人。1873 年，16 岁的阿列克赛来到柴可夫斯基家里干活，主人与仆人相差了 17 岁，作曲家很喜欢这个少年，教他读书、学习法语，还带他出国。后来阿列克赛要去服兵役了，他在信上写道，"我的小鸽子，今早收到你的来信，又高兴，又难过，……永远焦急等待你回到我身边"。后来，阿列克

流放在 温暖的
西伯利亚

>柴可夫斯基故居后花园（范行军摄）

赛回到了主人身边，1887 年娶了妻子。阿列克赛非常喜欢这里，来来往往，精心打理，柴可夫斯基就想把这房子买下来，把继承权以法律的形式留给阿列克赛，而他此前都是习惯租房住的。可是，他没有完成这个打算就故去了。一年后，阿列克赛买下了主人生命中最后住了两年的房子。

　　离开这里时，我突然想起，当年克林的很多小孩子都知晓了作曲家的散步时间，每每三五成群地守在大门口，等他出来分发好吃的。所以，我就在走出大门后，几步一回头，甚至有那么一刹那，我都想往回走了，然后守在门口。

　　也就在这时，我发现，这个我不敬爱的人，是可爱的……

>柴可夫斯基纪念碑，在匈牙利首都布达佩斯

孤独地流放在"温暖的西伯利亚"

一、给我这样一个月亮般的妻子

雅尔塔[1]的海滨大道，从高处看就像镶嵌在黑海北岸的一串美丽珠链，它又因契诃夫在 1899 年秋让"带小狗的女人[2]"款款而行于黄昏，成了一条文学之路，如今树荫下的女人、小狗和男人的雕像，已然是这里最亮丽的一个地标。还有，金合欢开得绚丽妖娆；还有，松鼠在树枝间跳来跳去；还有，坐下小憩时，鸽子飞落脚边，歪着小脑袋等着好吃的。而浩瀚在南，蔚蓝一片，风大

>海滨大道"带小狗的女人"雕像（范行军摄）

时波浪拍击堤坝，浪花飞溅过来，有人连忙跑开了，有人则不躲闪，我就是，等更大的风来。如若想躲开浪花，躲到清静里，最好是顺着普希金路往山上去，走过路边千奇百怪的老房子，走过造型各异的铁

---

1. 雅尔塔：克里米亚半岛南部海岸的度假胜地和重要港口，闻名于世的历史古城，早在 12 世纪就已建立，面积 18.2 平方公里。雅尔塔一词源出于希腊文"雅洛斯"，意为"海岸"。
2. 带小狗的女人：契诃夫同名小说，在雅尔塔海滨大道竖立着小说人物的主题雕像。

　流放在 温暖的
西伯利亚

栅栏和铁阳台，不长时间就会看到路左边有个小门，进去之后需下几个台阶，然后右拐再经过一个小门，就走上了一条干干净净的碎石小路，很快，在树木掩映之间就露出了一座白色的带阁楼的别墅。

多年之前，布尔加科夫[1]到克里米亚旅行，以到这里拜访为荣：

> 在密布着弯弯曲曲几乎要伸展到天上的小巷的奥特卡山顶，在几个鞑靼小铺和一些毫无特色的白色别墅之间，有一道白色的石墙、一扇柴扉和一个一尘不染铺着碎石的小院。在这草木争荣的院落中央，有一幢窗明几净的带阁楼的房子，门上钉着一个小小的铜牌：安·帕·契诃夫。
>
> 这块小铜牌给了人一种按响门铃时他一定在家而且会应声而出的感觉⋯⋯

当年，契诃夫对在雅尔塔安家充满了期待，给妹妹玛莎写信，"我买了一块地。在城外的高坡上，风景美极了"，当妹妹跟着哥哥看到那"风景"，心都凉了。这块地在一段陡峭的山坡，紧挨一条山路，山坡上没有任何建筑，连树和灌木都没有，只有一片荒芜颓败的葡萄园，园里的土像石头一样又干又硬。葡萄园用篱笆围着，旁边就是鞑靼人的坟地。但1899年9月搬进新家后，玛莎喜欢上了这里，眼里的哥哥又像在梅里霍沃[2]了，挖土、栽树、培植灌木、种花，给它们剪枝、浇水。

8月的一天上午，从半山腰再下一点的酒店出来，我们向右走上莱蒙托夫街，又经过一条向东的上山的路，再向北就走上了契诃夫路，

---

1. 布尔加科夫（1891—1940）：俄罗斯著名作家、戏剧家，代表作有小说《大师与玛格丽特》《狗心》和戏剧《图尔宾一家》《逃亡》等。
2. 梅里霍沃：位于莫斯科南郊大约75公里，1892年契诃夫在此买下一个庄园，1899年又卖掉，在雅尔塔盖了一个小楼。现在作家的梅里霍沃庄园已成为其故居博物馆。

>契诃夫故居的花园小路（范行军摄）

当走进布尔加科夫来过的这个院子，心情难以名状。小路两旁高大茂密的树遮天蔽日，停下来，摸摸一棵老树的树干，眼前都是契诃夫栽种的样子。来到门前，再看那个门铃，多想轻轻地按一下。

可是，主人不在了。

1904 年 5 月 1 日，契诃夫从这个门出来，再也没回来。而他有好几年的时间，每次散步、访友归来，多想按下门铃，迎出来的不是 70 多岁的老女仆，而是年轻的妻子。

此刻，安静。安静是当年的安静，阴凉也是，刹那间有了一种寂寞之感。也许我深知，千里迢迢到这里来，就是到孤寂中来。也许，我需要在这里更确切地体验到寂寞，才会在更多的时间里，且以空杯，默对繁华与喧嚣。

走进一楼的一间客房，墙上的普希金画像很显眼。这间房里，住过高尔基、巴尔蒙特[1]、普宁[2]、库普林[3]等很多知名人物，他们的到来让主人格外高兴。1899 年 11 月的一天，契诃夫给高尔基写信："我一直在等您，苦苦地等您。雅尔塔在下雪，潮湿，刮风。"孤独使得他无心留恋雅尔塔的春光烂漫，两年后的一天，他在给高尔基的信中说："这里的春天如同一个美丽的鞑靼女人——可以迷醉地欣赏她，但不能

1. 巴尔蒙特（1867—1942）：俄罗斯著名诗人，象征派代表人物。
2. 普宁（1870—1953）：俄罗斯著名作家、诗人，著有诗集《落叶》、小说集《在天涯》、自传体长篇小说《阿尔谢尼耶夫的一生》等作品。1933 年，成为俄罗斯第一个获得诺贝尔文学奖的作家。
3. 库普林（1870—1938）：俄罗斯著名作家，代表作有《决斗》《火坑》等。

流放在温暖的西伯利亚

爱她。"

一楼还有一个房间是
克尼碧尔[1]的卧室，简朴
而干净，墙上有一幅她的
油画、几张照片和剧照，
一张桌上摆着一本厚厚的
书，两个相框里一张是她
的照片，另一张是契诃

＞克尼碧尔卧室（范行军摄）

夫的，还有一个造型别致的像烟灰缸似的小瓷器，上面飞翔着一只海
鸥，令人想到莫斯科艺术剧院的标志。1898年艺术剧院排演契诃夫的
《海鸥》时，他在现场遇见了美丽的女演员，两人一见钟情。他给她写
了很多情书，风趣、幽默，不时地夸张搞笑："我低低地向您鞠躬，低
低地，低得额头要碰到我们家那口已经挖到8丈深的井底。"相比此前
9年间写给米奇诺娃[2]的情书，他越来越多了对爱的温暖之渴望。他更
多的渴望里，无疑也多了因爱而来的孤独。

1900年9月5日，他给她写信：

> 雅尔塔无雨，树木在凋零，草早已枯萎；天天刮风，冷。请
> 常给我写信，你的来信每次都能给我带来快乐，也能改善我的心
> 情，我的心情几乎每天都是干燥的、生硬的，就像克里米亚的
> 土地。

看到两个人亲密的合影，我猜想她下决心要嫁给著名作家，是由于

---

1. 克尼碧尔（1868—1959）：莫斯科艺术剧院演员，1901年与契诃夫结婚。她出演过契诃夫的《三姐妹》《樱
桃园》以及高尔基的《底层》等。
2. 米奇诺娃（1870—1939）：契诃夫妹妹玛莎学校的同事，爱好戏剧，1891年与契诃夫恋爱，但两人的恋情9
年间断断续续，未成眷属。

这封写于 1901 年 3 月里的信——没有哪个女人会无视这巨大的悲情：

> 我已经讨厌东奔西跑的生活，而且我的身体看来也有老态
> 了——你从我这里得到的将不是丈夫而是老祖父。天气很好，很
> 温暖，花开了，鸟叫了，没有客人，这简直不叫生活，……我已
> 经把文学完全抛弃了。

4 月末，他又给她写信，想在 5 月初到莫斯科，"如果可以，我们
就结婚"。为了与她在一起，他不顾身体状况，甚至想整个冬天或大部
分冬天住在莫斯科。他让她来决定："你来想想未来吧，你来替我做
主，你说什么我就照办，否则的话我们就不是在生活……"最后一句
话带着悲凉。

1901 年 5 月 25 日，契诃夫与克尼碧尔
结婚了。新娘同意了新郎希望的"没有一个
人知道我们的婚礼"，来教堂祝福的，只有
新娘的兄弟和叔叔，他们还是以马车夫的身
份出现的。

婚姻，并不比契诃夫虚构一个故事简
单。

烦恼，在蜜月后随之而来，婆媳、姑嫂

>契诃夫和克尼碧尔

间的紧张关系，让他不得不经常和稀泥。玛莎一开始就不赞成这段婚
姻，向嫂子发泄不满，"只有你一个人把我哥哥弄昏了头"。克尼碧尔
便向丈夫抱屈，他左右为难，咳嗽加剧，人也更消瘦了，还得哄劝，
"没有你我很寂寞，我像一个孩子似的依恋着你，没有你，我不舒坦，
觉得冷"。又跟妻子说，玛莎不会永远不接纳她的。他在信中希望妻子
要学会"沉默"，他说得委婉而又耐人寻味："对于那些新婚男人和女

人来说，在最初的隐忍中，隐藏着全部的生活享受。"

我会有几个月不读契诃夫的小说和戏剧，却常常看他的书信，因为书信里的他，真实，真诚，而且可爱。

新婚后的第一个冬天来了，雅尔塔天气转凉，有雾，但契诃夫的心里怀有着温暖，他希望妻子"生一个有一半日耳曼血统的小孩"，因为克尼碧尔有德国血统。一年过后，他还在信中鼓励妻子，"小狗儿，你一定会有孩子的，医生们都这么说。只要你十分集中精力，你就会有个儿子，他将打碎碗盏，拖你那条小狗儿的尾巴，而你看着他，心中感到慰藉"。

契诃夫与妻子的通信中，很大一部分都是表达思念之苦，到了后来就多了失落、惆怅，以及欲言又止。他在 1903 年 2 月初的信中说："我感觉，生活是愉悦的，但有时并不愉悦——我只能把话说到这个地步……"说完又恐妻子不悦："亲爱的，对不起，我现在就说我。……让我抱一抱。好冷呀！"两天后，他异常孤寂："亲爱的，快把我从这里领走。"克尼碧尔也备受折磨，3 月 13 日回信："既然我要上舞台演戏，我就应该做个单身女人，不去折磨任何人。"到了 10 月，天气又转冷了，他浑身不舒服，在信中说，

>契诃夫

"如果你像我一样住在这个温暖的西伯利亚的话"，就会理解他的心情了。

库普林记得契诃夫在札记本上，关于爱情是这样写的："爱情，这或者是某种正在退化的、过去曾经是宏伟的东西的遗迹，或者是将来会变成宏伟的东西的一部分，现在它是不能使人满足的，它给人的比人所期待的要少得多。"

其实，关于自己的婚姻生活，契诃夫早有预感，1895 年给一位出版人的信中就说：

> 如果你愿意，我可以结婚。但我有条件：一切都应该照旧，也就是她应该住在莫斯科，而我住在农村，我将去看望她。日复一日的幸福，朝夕相守的幸福——我忍受不了。如果有人每天对我用同样的腔调说同样的事情，我会发疯的……我答应当一个好丈夫，但求您给我这样一个月亮般的妻子，不会总是出现在天空上。

两情朝朝暮暮，他会"发疯"；"月亮般的妻子"不常在他的"天空上"，他又发狂。这对著名的夫妻，风花雪月少，一地鸡毛多。他们不得不无休无止地分离、懊悔、误解以及虚幻地欺骗，还有抱怨。身为妻子的，需要舞台，需要演戏，不能总是相伴；作为丈夫的，因为肺病需要雅尔塔温暖的气候，要了这样就不能苛求另一样，留下一阵又一阵的寂寞，得忍受。

当然，他也会用幽默排遣一下孤独："你信中说，你要整整三昼夜一直把我搂在怀中。那我们又怎么吃饭或喝茶呢？"或是："我愿意出一千卢布洗个澡。我很想念澡堂，我身上已经长蘑菇和蕨子了。"

二、他感到了劳动的诗意

许是想了这里有太多的别离、孤寂、苦痛，我来到二楼后在外廊站了好一会儿，蓝天下的白云不远，树叶伸手可得，白色的墙面长着藤蔓和爬山虎，在耀眼的阳光下有一种童话般的感觉，又很像乌镇和周庄的某个墙面，毫无陌生感。

建一座自己的别墅，从少年时起就是契诃夫的一个梦。他希望家人住在一起，温暖，热热闹闹。伊莱娜·内米洛夫斯基[1]在《契诃夫的一生》中描述了建房子的破灭：

> 契诃夫家的房子还在建，可是已经缺钱了。住处又小又不舒适：契诃夫爸爸被那些包工头、建筑师和泥瓦匠给骗了。……为了房子竣工，契诃夫爸爸曾向当地银行借了五百卢布。由于无法偿还这笔钱，他将面临被逮捕的危险……

这位父亲逃走了，将四个孩子留在塔甘罗格，契诃夫最大，16岁。

1892年3月，契诃夫在得到两处抵押和出版商预付的版税后，在莫斯科南75公里的梅里霍沃，买下一处别墅，把父母和妹妹接过去住。他还投入几千卢布，在那里建了三所学校。他总是这样想："如果每个人身后都能留下一所学校、一口水井或类似的东西，让自己的生命在消失后留下一点痕迹，这就很好了。"1898年10月，他的父亲去世后，他考虑要卖掉这处房子，他在雅尔塔的奥特卡山上看好了一块宅基地。此时，他的肺病越来越重了，莫斯科漫长的冬天让他无法忍受。

正是在这一年，年轻的建筑师沙波瓦洛夫在雅尔塔的一家小书店认识了大作家。秋日的一天，两人在海滨大道散步，作家请他为自己建造一座面积不大的房屋。他被吓了一跳，自己真的能为伟大的作家建造住宅吗？直到作家又重复了一遍。作家的要求很明确：房屋要造得朴实无华，既方便又舒适。多年后，建筑师还记得，开工了，契诃夫和玛莎几乎每天都来到工地，作家还兴致勃勃地栽植树木，花园里的每棵树都是他亲手种的。所言不虚。1899年3月，契诃夫给在莫斯科的妹妹写信，又汇报了劳动成果："昨天和今天我在院子里栽树，那

1.伊莱娜·内米洛夫斯基（1903—1942）：俄裔法国犹太女作家，出生于基辅，1942年被杀害于奥斯维辛集中营。代表作有《法兰西组曲》《星期天》《契诃夫的一生》等。

>契诃夫故居的花园（范行军摄）　　　　　　　>契诃夫故居外景（范行军摄）

真是怡然自得，何等的美好，何等的温暖和诗意盎然，简直就是欢天喜地。我栽种了 12 株樱桃树，4 株桑树，还有杏树，还种了一些其他的树。都是很好的树，很快就会结出果实。老的树已经枝繁叶茂，梨树开了花，杏树也开着玫瑰色的花。"10 个月后，工程告竣，1899 年 9 月 8 日，契诃夫全家迁入新居。11 月 24 日，他又给莫斯科艺术剧院创始人之一丹钦科[1]写信，描述自己的园丁工作："我的雅尔塔的别墅建设得很不错，很舒适，很温暖，景色也好。花园将非同一般：我自己栽种花木，单是玫瑰就种了 100 株——还都是最名贵的品种；还

>契诃夫故居侧面

种了 50 株槐树，很多山茶花、百合花、月下香，等等。"

　　如果能像三年前从雅斯纳亚·波良纳的森林带回一瓶土，能从这里带走一棵小树苗就好了，哪怕是一根树枝——但我又绝不能这样做。

---

1. 丹钦科（1858—1943）：俄罗斯著名戏剧导演、剧作家、戏剧教育家，与斯坦尼斯拉夫斯基共同创建莫斯科艺术剧院，并联合导演了契诃夫的《海鸥》《万尼亚舅舅》《三姐妹》《樱桃园》和高尔基的《底层》等。1930、1937 年他先后把托尔斯泰的《复活》《安娜·卡列尼娜》搬上舞台。

　　　　　　　　　　　　　　　　　　　　流放在 温暖的
西伯利亚

契诃夫非常爱惜树木。1902年夏，他在莫斯科，给在雅尔塔的妹妹写信，还关心园子里的树，"白桦树断了？多么可惜！"雅尔塔不长白桦树，是他特意从俄罗斯中部移植过去一棵，栽到别墅前。

在所有与契诃夫友好的作家中，高尔基是非常了解契诃夫的：

> 他喜欢修造花园，种植花木，装饰土地；他感到了劳动的诗意。他怀着多么感人的关切在园子里各处察看他自己栽的果树和点缀园景的灌木长得怎样了！他修建这所房子时曾说：要是每个人都在自己的那块小小的地上做了他所能够做的事情，那么我们的土地会是多么的美啊！

1904年5月1日，契诃夫离开雅尔塔，这一次离开，他再也没回来。他一到莫斯科就病倒了，稍有好转就给妹妹写信："别让人把我书房的植物晚间搬到屋外去，小松树得隔三天浇一次水。"

我来到了书房。

书房，在我看来是最美的，朝阳的窗户上面，是一扇半圆形玻璃，乃契诃夫的创意，红、绿、黄、紫、白色的玻璃错落有致，有一种异国情调。在玛莎眼里，这是一扇威尼斯式大窗户，有阳光的日子里，特别是在冬天，太阳从低处照上来，书房里光线柔和、漂亮，五光十色。年轻的普宁曾凭窗远眺，看见了隐没在花园中的一条河谷和蓝色海面的一角。我就没有

>契诃夫书房（范行军摄）

他那么幸运了，因为房间只能远观，不能走进去。我看见了桌上的蜡烛，也就与普宁一样地"心揪紧了"，"书房里点着两支蜡烛，烛光摇曳不定，时明时暗"，在这里"契诃夫度过了多少孤独的、也许对自己的命运苦苦思索的冬晚"。也是在这里，他在一阵阵咳嗽中，完成了最重要的，也是最后一部戏剧《樱桃园》。右边的墙上挂着很多照片，最上面的是托尔斯泰，下面的柜子上还有一个老人的小雕像。1901 年秋天托翁曾来克里米亚疗养，就住在离雅尔塔不远的加斯普拉的一个别墅，契诃夫和高尔基常去看望他。还有一个大相框，里面的照片是契诃夫在给演员们讲剧本，中间的克尼碧尔爱慕地看着他。这张大相框周围，挂了好几幅小油画，我猜有列维坦的，也有玛莎画的。列维坦曾向玛莎求过婚，她去问哥哥怎么办，契诃夫没明说，却暗示了妹妹不要答应。有人说，契诃夫本想保护妹妹免受可能发生的痛苦，但他的谨慎使妹妹也失去了幸福。后来玛莎身边不乏追求者，却终身未嫁，而列维坦因为这次不成功的求婚，也留下了痛苦的痕迹。

自然地，我又把目光对准了那个大壁炉。当年，沙波瓦洛夫在设计壁炉时，有意留了一块凹处，这被列维坦注意到了，画家对设计师神秘地说，他要把这个凹处利用上。果然，他画了一幅小油画《月光下的干草垛》，放在里面。契诃夫在 1899 年 1 月初给克尼碧尔的信中提到过此事："列维坦来我们家了。在我家的壁炉上，画了一幅割草时节的月夜。草场，干草垛，远处的森林，月光笼罩了一切。"此刻，我伸长脖子，看到了

>壁炉上花瓶里的芦苇（范行军摄）

流放在温暖的西伯利亚

它，一轮圆月格外显眼。这之后，我看到壁炉上的花瓶里插着几株芦苇，开心地笑了，我在北京住的几年里，不论住在哪里，都有几株芦苇插在老式的酸奶瓶里，或放在瓷罐中。

在左面墙上，一个长长的镜框里都是契诃夫好友的照片，高尔基、夏里亚宾、斯坦尼斯拉夫斯基[1]、丹钦科、普宁，还有几张是女演员的。看到米奇诺娃不免有些吃惊。契诃夫与克尼碧尔相恋后，就不再给她写信了，而她什么时候来访过这里呢？两人九年恋曲的一些美好，都留在了梅里霍沃。1899 年 1 月，米奇诺娃给契诃夫写信："如果我是一个伟大的歌唱家，我就要把您的梅里霍沃买下来。我简直不能想象，我会再也看不到它。关于梅里霍沃的美好回忆太多了，最好的青年时代是和它联系在一起的。"米奇诺娃可以这样怀旧，但契诃夫还想要未来的生活。严重的肺病逼迫他，必须在温暖的南方再建一个家。只是，家有了，妻娶了，人却越发孤独。

有了家的孤独，是更孤独。

有了家的冷，是真的冷。

二楼的客厅布置得整洁雅致，中央吊灯下是一个大餐厅，围着维也纳式的椅子，靠墙是沙发，在这里曾经有过热闹而欢乐的时刻。斯坦尼斯拉夫斯基对此有着清晰的记忆：吃饭的时候，契诃夫的母亲坐在桌子的首端，她是一位可爱的老太太，每个人都喜欢她。最重要的是吃饭的时候，"有许多文学问题的讨论"，这些讨论让他"懂得了许多重要而有益的奥秘"，都是从教文学史的那些学究们那里得不到的。客厅临窗放着一架钢琴，这是契诃夫在房子落成之后第一时间买来的，当美妙的钢琴声传出窗外，不是拉赫玛尼诺夫[2]来了，就是夏里亚

1.斯坦尼斯拉夫斯基（1863—1938）：俄罗斯著名戏剧导演、剧作家、戏剧教育家，著有《我的艺术生活》《演员的自我修养》等。

2.拉赫玛尼诺夫（1873—1943）：生于俄罗斯，是 20 世纪著名的古典音乐作曲家、钢琴家、指挥家。

宾驾到。

也许，一些闲人也是被钢琴声招惹来了吧。高尔基住在这里时，目睹了一些人是如何来打扰作家的：一个没趣的小学教员说些莫名其妙的话；三个打扮得很华丽的太太，"装作对政治很关心的样子"向作家提出无聊的问题；还有"一位长得很丰满、穿得很漂亮的美丽、健康的太太"，要与作家谈论"人生多么无聊啊"。高尔基没看到的闲客就更多了，契诃夫不好意思拒绝，只好在与妹妹的通信中诉苦："这里的社会环境多么灰暗，这里的人群多么无趣，我的老天爷！"他的身体每况愈下，咯血，腹泻，疲乏，还要招待不速之客。

>契诃夫故居里的钢琴（范行军摄）

　　我一切照旧，写作，植树。但客人来了，无法写了。客人已经坐了一个多小时，还提出要喝茶。得去烧上茶炊。噢，多么无聊！

他给克尼碧尔的信中也忍不住抱怨。于是，1903 年 7 月初，她与契诃夫一同回到雅尔塔，除了陪同丈夫，还有一个任务就是挡客。两个月里，这位漂亮的女演员对有些来客一律冷脸，绝不让他们见到丈夫。契诃夫利用这段时间，可以安心写作《樱桃园》了。

从二楼最后一个房间出来，可上可下，上三楼，是玛莎的房间。这是这所别墅里最好的房子，很大，有一个漂亮的阳台，正对南面的花园，站在阳台上观赏雅尔塔城和群山，别是一番风情。每个来此的人都应该感谢玛莎，正是她在契诃夫去世后，将这里建成了契诃夫纪念馆。传说二战期间德国人攻入雅尔塔，德国兵住在别墅时她说，这是一个作家的故居，你们可以住，但不能破坏任何东西。德国人真的没有任何损坏。

"安托沙，阿列克谢·马克西莫维奇，吃饭了……"

>玛莎，契诃夫妹妹

三、高尔基板凳

玛莎的声音又在耳边响起：

我们花园里有一条长板凳，安东·巴甫洛维奇和高尔基常坐在那里交谈。只要他们单独走开，一定坐到那条板凳上交谈，免得有人打扰他们。我通常知道，要是家里哪儿也找不到他们，那么他们准是在那里，每当要开饭或是喝茶的时候，我就走到我房间的阳台上，冲着花园那边喊道："安托沙，阿列克谢·马克西莫维奇，吃饭了……"

这条板凳在花园里一直保存到现在……

>高尔基板凳（范行军摄）

来到院子里，我开始寻找它。我在一本书里也看到过它。果然，在我绕来绕去时，它一下子就出现了。我赶紧过去坐下来，得意地跷起二郎腿。如果时间允许，真想就这样坐着，看树叶闪着阳

光，看山茶花盛开，看玫瑰招惹
蝴蝶，看高尔基来……

现在，这条板凳叫作"高
尔基板凳"，是绿色的。有趣的
是，在莫斯科高尔基故居后花园
里的长椅子，也是绿色的。"高
尔基板凳"见证了高尔基与契诃
夫深厚的友谊。

契诃夫非常关注也赞赏高尔
基的创作。1898 年 12 月他就
写信给高尔基，称赞其"卓有才
华"，为小说《在草原》不是自
己写的，"甚至起的妒忌心"，同
时提醒后者描写景物时"写得紧
凑些，简洁些"。当他听说高尔
基打算写剧本时，多次鼓励："写
完之后寄给我读。写的过程要严

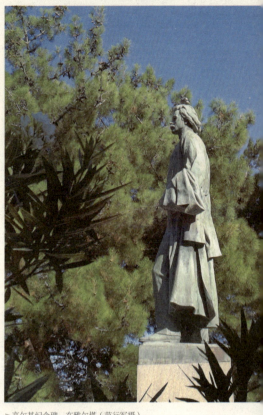

>高尔基纪念碑，在雅尔塔（范行军摄）

守秘密，否则有人会中伤您，坏了您的情绪"；"平实地写，质朴地写，
您一定能写出让人叫好的好东西"；"失败很快就会被忘记，但是成功，
哪怕是微小的成功，就能对戏剧做出很大贡献"。后来，高尔基的《在
底层》在莫斯科艺术剧院演出大获成功，连托尔斯泰都有点嫉妒了，
不理解这个年轻人在国外都很有名了。

自从 1901 年 3 月，高尔基长途跋涉来到雅尔塔拜见契诃夫，两人
的友情越发深厚。1902 年，尼古拉二世[1] 下令，俄国皇家科学院撤销

1. 尼古拉二世（1868—1918）：俄罗斯罗曼诺夫王朝最后一位沙皇。

　　　　　　　　　　　　　　　流放在 温暖的 西伯利亚

了高尔基名誉院士的称号，为了表示抗议，很少涉及政治的契诃夫连同柯罗连科[1]发表声明，拒绝接受他们的名誉院士头衔。1904年7月2日契诃夫病逝后，一些评论家"企图贬低契诃夫的世界意义"，高尔基撰文回击，在俄罗斯乃至全世界的评论界，第一次确立了契诃夫创作所具有的最伟大的思想意义和艺术价值。1909年，高尔基再次发表文章，评价契诃夫的文学价值，"透过他作品中睿智的客观公正和对人的同情——这种同情不是怜悯，而是一个聪明、心思细腻的、对一切都能理解的人的同情——来学习理解生活"。

坐在板凳上，只能隐约看到别墅在阳光下的一些白色闪光，院子里的树木太茂密浓郁了，像极了他的文学。契诃夫在这里完成了著名的小说《带小狗的女人》《在峡谷里》《未婚妻》《主教》和剧本《三姊妹》《樱桃园》等。《樱桃园》他写了3年，而《主教》的情节竟然在他头脑里"盘踞了15年"。他用明朗、热情的语言描写了主教去世的第二天，最后归于平和：

> 第二天是复活节。城里42座教堂和6个修道院，洪亮欢唱的钟声从早到晚在城市上空响个不停，激荡着春天的天空，鸟雀齐鸣，太阳灿烂地照耀着。在集市的大广场上人声鼎沸，秋千摆动，手摇风琴响起来，手风琴尖声地叫，不时传来醉醺醺的说话声。大街上，过了中午，骑着快马的闲游开始了，一句话，大地欢腾，一切顺利，如同去年一样，而且明年多半也会这样。

想到这个结尾，与这里告别时没有一丝的遗憾。馆员大妈听说我们来自中国，请我们在留言簿上留言，宁宁先写："喜欢契诃夫，今到

---

1. 柯罗连科（1853—1921）：俄罗斯著名作家、社会活动家，曾因与革命家往来被流放到东西伯利亚。代表作有4卷本的《我的同时代人的故事》。

>作者在契诃夫故居入门处留影

此地感受更好更多。"我后写："对您最好的纪念，就是继续读好您的书。"

告别契诃夫，来到契诃夫路，往山下走，来到普希金路，很快就到了黑海北岸的海滨大道。惊涛拍岸，迎风向南，浪花落在脸上。回头再望山顶，天高云白。我知道，在今后很长的日子里，克里米亚半岛之行的第一站——契诃夫故居——都将是一个重要的地标。它到底将在生活中转化成什么，也许高尔基说得更为准确：

回忆这样的一个人是一桩好的事情；勇气马上就回到你的生活里来了；而且你的生活又重新有了一种明确的意义了。

>孔宁和作者在留言簿上留言（范行军摄）

流放在 温暖的
西伯利亚

我还没有被抢劫一空

一、俄罗斯没有曼德尔施塔姆的墓地

也许在瓦甘科夫公墓、在新圣女公墓、在沃尔科沃公墓、在涅夫斯基修道院的季赫温公墓和拉扎列夫公墓，都不可能找到他的墓地，所以，目光常常在探寻、停留、发呆之时，在某个瞬间、某棵树下、某处鸟鸣的深处，我分明又看见了他。

曼德尔施塔姆。

俄罗斯没有曼德尔施塔姆的墓地，这是这片土地对诗人的又一个亏欠。而曼德尔施塔姆注定与诗一起存在，存在一刻，世界就要为其默哀，为不能安放那可以燃烧成火把的肋骨、那像雪一样白的白骨。

"他在这个世界上注定找不到自己的位置。"

我从**娜杰日达·曼德尔施塔姆**[1] 悲情的话

>曼德尔施塔姆纪念碑，在莫斯科

---

1. 娜杰日达·曼德尔施塔姆（1899—1980）：俄罗斯作家，1921 年与曼德尔施塔姆结婚。她著有两卷回忆录，中文版叫《曼德尔施塔姆夫人回忆录》《第二本书》。

里，还能理解出另外一层含义：诗人的诗也是四海为家。倘若诗不是去流浪，而是被流放，历史已然证明了，它们的声音是有户口的，就落户在民众的心灵，还会铺成道路，还会成为被记忆的伤口，为了不再发生，或少发生。

那天下午，我前往特列恰柯夫美术馆，在一个十字路口等红灯时，看着快速通过的那些车、那些人，尝试体味一个苦痛的细节：

"你们打算去哪里？"莫斯科的民警问诗人和妻子。

我满嘴都像被灌进了泥浆，讲不出话来。能够沉默，也许最好。

诗人结束了在沃罗涅日的流放后，竟然无处可去了。一开始，有12座城市不对他开放，3年过后，他竟然失去了70多座城市的居住权，而且是终身失去。如今，这些热烈地拥抱着诗人的诗歌的城市，会为当时的拒绝而愧疚吧，甚至遗憾，要是收留了诗人，就可以为诗人竖一座纪念碑，雕像将成为著名的景观，吸引更多的人前来敬拜。其实，它们现在也可以竖起诗人的雕像，以忏悔和敬爱之名。

曼德尔施塔姆，一个无家可归的人。

曼德尔施塔姆，这个通过诗又找到了家的人。

曼德尔施塔姆，死了的人，尸骸不知何处，那就处处都是他的安息之地吧。

曼德尔施塔姆在普希金死于决斗一百年之后，实际上被一脚踩死在了帝国的地面上。

>曼德尔施塔姆的诗在墙上

流放在 温暖的
西伯利亚

>曼德尔施塔姆

布罗茨基越是这样说，诗人越是一次次复活，以诗的方式，被建筑，被镶嵌，被深刻，被牢牢地张贴在墙上。

不错，我在涅瓦河边，在红场月夜下，在克里米亚半岛的废墟上，在黑海破碎的浪花旁，在新西伯利亚的剧院前，都能看到他，孤单而踉跄地走着，或坐在树下，双唇嚅动。当然，我最喜欢他年轻的样子，1920年暮秋，从亚美尼亚回到彼得格勒，29岁，生动，焕然一新：

> 他并不矮，而是中等个。不错，他夸张地把头往后仰，因此使他在脖子上显得更像亚当的苹果。高高的额头上蓬松的头发有点微卷，发顶的稀疏无论如何算不上秃顶。当然，他很瘦，可那时我们中有谁不瘦呢？

到了次年春天，时逢解冻，街上呈现着一大片水洼，我仿佛又看见了他，耳边响起奥多耶夫采娃的旁白："他走在对面的人行道上。他直盯盯地看着我，笑得全身乱颤。他朝我挥挥帽子，便急急忙忙过马路向我走来，搞得水花四溅，水漫套鞋。"他之所以笑得全身乱颤，是想到她的《公猫之歌》的一段。那段日子里，诗人到处借宿。"我从来没有，也从未在任何地方感觉到自己有家。更不用说主人了"——他的话就像预言，终因一首《我们生活着，感受不到脚下的国家……》被逮捕，流放到沃罗涅日，3年时间，他与妻子共租过5处房子。

很少有诗人像曼德尔施塔姆那样害怕孤独。他必须置身于人群之中，否则，总是感到害怕。他只要独自坐在房间，就觉得有人进来，待他敢转身了就一直枯坐着，看着门。这是极大地缺乏安全感而导致的恐惧。这种恐惧会逐渐地放大，再放大，直至他无处躲藏，却又不知道害怕什么了："假如我知道我怕什么就好了。我怕，这就是一切。……无缘无故的恐惧。"

一天夜里，在圣彼得堡，我们从叶赛宁自杀的酒店出来，往回走时迷路了。在陌生的路上徘徊，在幽深的运河边兜着圈子，夜色微凉。我稍微有点担心，担心碰到警察，语言不通，跟他们讲不明白，一旦被带到警局就会很麻烦。但我的不安与诗人的恐惧，不可同日而语。

诗人害怕警察，尤其是秘密警察：

> 整整一夜我都在等待一位客人来临
>
> 门，它的链条在塞窣作响

客人，不是带着酒来的人，而是带着逮捕证的内务部安全人员，还有"那个使我们在睡梦中惊叫的，所有未来民族中的犹大"。谁是犹大？去发挥你的想象力吧。

夜深了，我迟迟无法安睡。闭了灯，拉上窗帘，屋里很暗。我想，莫伊卡运河在不远处也和我一样吧，轻拍堤岸，安静不下来。我不再"尝试体味"而是彻骨地感受到了一个人的恐惧，1931年1月的恐惧：

> 主啊，帮帮我，度过今夜。
>
> 我担忧我的生命——你的奴隶。
>
> 活在彼得堡就像睡在棺材里。

1934年4月的一个夜里，在莫斯科，客人来了，闯进了诗人的家。

客人，带走了诗人。

诗人不能不恐惧。在流放途中，一个留着大胡子的男人，身穿深红色衬衣，手握一把斧头，就吓倒了诗人。这让我重新审视波兰诗人米沃什的话，"死亡并非总是最大威胁；奴役常常才是"，尤其看到娜杰日达·曼德尔施塔姆忍着悲痛的回忆："他能平静地面对流放、驱逐和其他把人变成集中营尘土的方式，可是一想到死刑，就不寒而栗。"

死亡，意味着诗的完结。

他要呼吸。他用呼吸孕育诗。

二、在阿赫玛托娃身边，他才不会孤寂

8月的一天下午，从涅瓦大街左拐，走上铸造厂大街，向北去寻阿赫玛托娃故居。走进一个带有艺术气息的门洞，就看见阿赫玛托娃的浮雕，很现代派，再往里走，就见前面是一座花园，显然是舍列梅捷夫宫（喷泉宫）巨大的后花园的一角了。一条通向左边的小路的尽头，就是阿赫玛托娃故居博物馆，在参观示意图上清楚地标示了出来。也可能在示意图上多看了那么一秒，就一秒，就看到了Мандельштам。想不到，这里竟有一座曼德尔施塔姆的雕像，还有一座是阿赫玛托娃的。

他的雕像为什么会在这里？

从阿赫玛托娃故居出来，就去找曼德尔施塔姆。走不远，在一个路口拐角，

>阿赫玛托娃故居入口处（范行军摄）

看到一个小雕像，但它更像是一个行为艺术的石凳：高的黑色的平面上刻着一个人头，下面一块平铺的石头表面也是黑色的，刻着的像是他的身子吧。可是，没有手，没有脚。穿的也不是衣服。粗犷的或者说是潦草的条纹，看不出是什么。这件艺术品落满尘土，尤其是地下的那部分，紧挨地面，旁边是一些不起眼的杂草。我拍了一张照片，就走过去了。前面又有两本木雕的书，它们更吸引人，尤其一本被火烧得漆黑，我凑到跟前还闻了闻。哦火，说到底是无法焚毁文字的。

>孔宁在阿赫玛托娃纪念碑前留影（范行军摄）

继续往前走，是一个圆形小广场，旁边有长条椅子，还有抽象的雕像。停下来四下打量，不见曼德尔施塔姆，也没有看见阿赫玛托娃。又走过好几条幽静的小路，就在一条路的深处，出现了一座雕像，仿佛一个高大的圆筒从上到下被砍去一大半，就剩下残片了，带着弧度——就在弧度向外的那面，雕刻着女诗人的侧面像。光线从树叶间照下来，暖暖的，但她的脸依然倔强。这样说不对劲，应该是"悲凉"或"冷峻"。还是曼德尔施塔姆题献给她的诗最能反映她的神态："半侧过身来，哦，悲哀／你迎向这世界的冷漠。"当我又想起后面的两行："那条仿古典的披巾从肩上／滑落，变成了石头"——顺着雕像往下看，地下那平面的黑色石头，是与站立的雕像一体的——猛地意识到，它与方才看到的雕像，风格有些一样，会不会出自一个艺术家之手？就是说，那座路边的、杂草丛间的雕像，就是曼德尔施塔姆。

赶紧回去。

再次回到那座低矮的雕像前，蹲下来，寻找碑文。没有生卒年，诗人死于1938年的集中营，无法确定具体的死期，而刻着2007的字样可能说明雕塑完成的时间。转个方向，继续找，在竖起的连接肩膀和腿的那一面，刻着几行俄文，看不懂，却看懂了下面的落款，是阿赫玛托娃的，还有 1936 的字样，这是她写于 1936 年的文字——是诗，还是信？ 1936 年，曼德尔施塔姆和妻子在莫斯科南 500 多公里的沃罗涅日流放，阿赫玛托娃倒是有一首诗就叫《沃罗涅日》，是写给诗人的。会是那首诗吗？接着，又发现这几行字的右上方，有 O.M.——这是曼德尔施塔姆名字的俄文缩写。看到这，我长出一口气，然后便被一种巨大的惊喜笼罩住了。此行，都不敢期待会遇见他，现在，真的可以确定，这座只有凳子一般高的雕像就是诗人时，我一时间都不敢站起来，就蹲在他跟前，两手放在他身边。我也不再疑虑，他的雕像为什么会在这里了。

他就应该在这里。只有在阿赫玛托娃身边，他才不会孤寂。

两位诗人都是"阿克梅派"的代表人物，友情深厚。他了解她，"你像个小矮人一样想要受气 / 但是你的春天突然来临"，这两行诗预见了一年后也就是 1912 年女诗人第一部诗集《黄昏》的诞生，同年，她的儿子列夫出生。1917 和 1918 年间，她虽然又嫁人了，却没有妨碍她经常去找他，他将这期间写的许多诗都题献给了她。两人的亲密用她的话说，是深厚的持久的友谊，而不是爱情。

她总是他家的第一个带来温暖的客人——流放之前，流放回来。在娜杰日达·曼德尔施塔姆看来："他俩的友谊是在喜欢插科打诨的青年时代结下的。他俩一见面就顿时变得年轻了，争先恐后地相互打趣。他俩有着他们

>曼德尔施塔姆纪念碑（范行军摄）

的词，他们的家常用语。"两位诗人年轻时，在一些聚会上，她一般很少说话，只是抽烟，只有在他朗诵诗时，她灰色的大眼睛才会一亮，人也活跃起来。1933 年，两位诗人不约而同地沉浸在但丁的诗中。有一回，她朗诵了《神曲》的"炼狱篇"第一部分，他听后激动得泫然泪下。晚年时，她回首往事，"我们大家都朗诵诗，只有曼德尔施塔姆的朗诵有如白天鹅在滑翔"。

1933—1934 年，她的儿子列夫常常住在他在莫斯科的家里，成为诗人热心的读者。而她只要能凑到路费，也就会到莫斯科，手里还不忘要提着一个破旧的小提箱。她的这件"奢侈品"现在就放在故居的一个大箱子上，我差一点拿起来感受一下，就像偷偷拿起那个沉重的熨斗。在他家里，她总是穿着鲜红色的睡衣，夜里就住在厨房。1934 年年初，她在他家住了一个月，到了 4 月，她又来了。一天凌晨，她见证了他被抓走。走之前，她把他从邻居家要来的要给她当作晚饭的一个鸡蛋，让他吃了。他默默地坐到桌子旁，撒上盐，吃起来。

这枚鸡蛋，贵如黄金。

1936 年年初，在很多人都在躲避曼德尔施塔姆的时候，阿赫玛托娃经历了 36 个小时的筋疲力尽的奔波，来到他的流放地沃罗涅日。在她的故居，我看到了书架上有一个白色小瓷像，是她本人——但愿就是那一个的"完璧归赵"，她前往沃罗涅日看望被流放的他，为了凑钱买车票，卖掉了艺术家为她雕塑的小瓷像。那天，她苍老而痛苦，但一看到他，马上活跃起来，恢复了昔日的美丽。这次经历，让她在 3 月 4 日创作了《沃罗涅日》。

1937 年 5 月，曼德尔施塔姆被允许从流放地回来，家里的第一个来者又是阿赫玛托娃。她在他和妻子回莫斯科的第一天早晨就赶了过来。

1938 年，阿赫玛托娃不顾盯梢和潜在的危险，继续探访曼德尔施塔姆。这年5月，他再次被捕。1939年初，一封短信成为文献："我们的朋友连娜生了个女儿，而我们的朋友久娜莎成了寡妇。"短信传到她手里，密码被破译：她的朋友，诗歌的伙伴——死了。他，留下孤独，给她。

既然她也孤独，那么他在这里再好不过。

娜杰日达·曼德尔施塔姆在绝望的日子里，曾经想过死，那样，"就可以又跟奥普斯在一起了"。"不，"当阿赫玛托娃听到后说，"你大错特错了。到那里现在轮到我跟奥普斯在一起了"。

此刻，两人算是在一起的吧。他和她中间，有花，有树，有杂草，有小路上的行人，还会有雨，有雷电，有雪……但这些，再也不会妨碍两位诗人的大声说笑，或是聆听彼此低诵的《神曲》。

三、我躺在大地深处，嘴唇还在嚅动

阿赫玛托娃的文字，到底是诗，还是信——刻在曼德尔施塔姆雕像上的？

我一遍又一遍地阅读曼德尔施塔姆的《沃罗涅日笔记本》。它生硬，像块岩石，摩挲久了，又发烫。有很长时间，我喜欢他早年的诗歌，像1912年的《巴黎圣母院》：

> 巴黎圣母院，我愈是沉迷于
> 琢磨你的顽固性和你磅礴的穹顶，
> 便愈是渴望：有一天我也将
> 摆脱这可怕的重负，创造出美。

诗人显露了要"创造"出自己的"美"的风格。1923年的《无论谁发现了马蹄铁》：

> 我现在说着的话并不是我说的，
>
> 而是从大地里挖出来的石化的麦粒。

从中，可以感受到意象的大气与诗意的深度。而《石板颂》将探寻继续拓深，似乎要掌握一次机遇，复活一种不朽：

> 我愿我能把我的手一直伸向
>
> 那支古歌中的燧石路，
>
> 就像插入一个伤口：为了抓住
>
> 燧石与水，戒指与马蹄铁

　　我不能不欣赏这些诗，因为我也年轻。但是，恐惧、颠沛流离、孤独、饥饿、寒冷，不自觉地改变了他的诗风，从内容的沉郁、苦涩、撕裂、抗争，到不拘形式的跌宕、停顿、散漫放肆、漫无边际。流放，让他的《沃罗涅日笔记本》成为岩石，粗糙，硬，尖利，毫不回避，触角对接着风，对接着黑夜漫漫。

　　1936 年，他写了一首关于金翅雀的诗，最后两行毫不迟疑：

> 哦，我的相似物，我来
>
> 回答你：
>
> 　　只有一个法则，那就是
>
> 活着！

1936 年 12 月写了四行话，

>1938年曼德尔施塔姆第二次被捕时的照片

直截了当：

> 我对世界依然还有一点惊奇，
>
> 对孩子，对雪。
>
> 但是像道路，不会装出一副笑容，
>
> 也绝不像仆人那样顺从。

1937年2月，他又发出呼喊：

> 我歌唱，当我喉咙湿润，灵魂干爽，
>
> 当我眼睛含着够多的泪水而良心不说谎。

1937年3月，他在《怎么办，我在天国里迷了路》明确表白：

> 请别给我戴上，在我的额头上
>
> 戴上这样或那样的桂冠。
>
> 你最好把我的心撕成
>
> 铁饼般滚动的声音的碎片

　　这些诗，已经不见了"阿克梅派"那种古典的"高峰"和"乡愁"意味。诗风的转变契合了悲惨的命运。布罗茨基说，"他有太多东西要说了，根本就顾不上操心他在风格上的独特性"。不错不错，他在《我不得不活着》中坦言："我不得不活着／虽然已死去过两回。"后来又愤愤不平，倔强，抵抗：

> 剥夺了我的四海、我的远方和高飞，

只允许我踟蹰在暴烈的大地上，

你得到什么？一个辉煌的结果：

你不能制止我双唇嚅动。

沃罗涅日，对于俄罗斯的这位诗人来说，就像是美国诗人卡明斯所言："进入这些镣铐，就是进入了自由。"哦，自古罗马的奥维德被放逐到莽荒的黑海岸边，凡是流放地，诗人们的诗都获得了解放，深邃而辽阔。

>曼德尔施塔姆纪念碑，在沃罗涅日

如今在这座城市，有了一条"曼德尔施塔姆街"，为诗人竖立了雕像，如果非得说这是一种纪念，我倒认为：对诗人的忏悔更为合适。为他一个人站在那里的孤单而忏悔，为他捂住胸口的忐忑而忏悔，为他在偌大的城市不得安身而忏悔。

那么刻在曼德尔施塔姆雕像上的诗，会是阿赫玛托娃的《沃罗涅日》吗？

我把图片发给了朋友尹岩，她会俄语，很快直译出来。我只看了后两行"这里的黑夜／看不到黎明"，立刻确定，这就是阿赫玛托娃的那首诗：

在遭受贬黜的诗人房间里

恐惧和缪斯在轮流值班。

黑夜潜行

它不知道黎明。

>曼德尔施塔姆纪念碑（范行军摄）

1937 年 5 月的一天，曼德尔施塔姆被允许从流放地回来，阿赫玛托娃从圣彼得堡第一时间赶到他身边，朗诵了《沃罗涅日》。没人记下当时的情景，他是激动，还是冷静，还是默默无语。但，他在沃罗涅日，很多时候都没有屈服那黑夜。两年前的 5 月，诗人就展示出了顽强抵抗的一面："我躺在大地深处，嘴唇还在嚅动 / 我要说的话，每个学童都将记诵。"诗人相信他的诗拥有了新的武器，且看《诗章》：

> 我没有被抢劫一空，也并非处在绝路，
> 只不过，只是，被扔在这里。
> 当我的琴弦变得像伊戈尔的歌声那样紧，
> 当我重新呼吸，你可以在我的声音里
> 听出这无边黑土的干燥的潮气
> 听出大地，我的最后的武器……

此刻，我单腿跪在雕像下面的黑色大理石面，双手扶住雕像，然后拂去上面的灰尘，拂去他眼睛上的灰尘。我触摸着他干瘦的脸，生硬，粗糙。我的手不敢抖。我盯着那张嘴，它微微张开着，下嘴唇比上嘴唇要长一些，像有一些委屈，要哭。实际上，那是在嚅动。就是此刻，他还是重复那个动作："我躺在大地深处 / 嘴唇还在嚅动。"

我还没有被抢劫一空

>曼德尔施塔姆纪念碑（范行军摄）

双唇嚅动——这是曼德尔施塔姆写诗时的一个征兆。娜杰日达·曼德尔施塔姆理解得更为深刻："双唇刚刚嚅动，正在痛苦地寻找最初的词……"诗人的这个习惯，来自对但丁的热爱，继而为《神曲》而苦学意大利语。"嘴在嚅动，……我突然明白到，我说话的努力的重心已向我的双唇移得更近了……"

在沃罗涅日的最后一年，曼德尔施塔姆的诗作大量涌现，一首接一首，有时同时写作好几首诗。他让妻子赶紧记录："快，否则我就来不及了。"

同是一个他，诗人，从1926到1930年，没有写诗，仅写了一些散文。

"快，否则我就来不及了。"

娜杰日达·曼德尔施塔姆说："这就是关于死亡迫近的清醒预感，可我当时看得还没有他那么清楚。"那时，他已经无法独自出门，"始终十分紧张。他在抓紧，他把时间抓得很紧。由于这种紧张的工作，他的呼吸变得越来越困难，常常憋气，脉搏紊乱，嘴唇发青。他的犯病大多发生在街上"。在家里，只有妻子在身边，他才能安静下来。他们面对面坐着。她"默默地看着他嚅动的双唇，而他在夺回失去的时间，赶紧道出自己最后的话语"。

也许，这个时候，他也会想起1917年写的《你说话的样子很奇妙》：

他们会说，爱会飞翔，然而
死神拥有更多更强劲的翅膀。

1937年1月19日，诗人在《如今我被织进光的蛛网》里信心满满：

> 人民需要属于他们的自己的诗，
>
> 整天都因为它而醒着，
>
> 沐浴在它的声音里——
>
> 那亚麻般卷曲、光的头发的波浪……

如是，诗人才如娜杰日达·曼德尔施塔姆所说："我从未见过一个像奥·曼这样贪婪地活在当下的人。"他不是苟活，而是坚信"我的一根肋骨是燃烧的尖矛"。

我抚摸着雕像上的潦草的身体。没有肋骨，没有手臂，也没有脚。一张脸之后，他的肩膀和身体向下，通过直立的那面，也就是刻有那四行诗的一面，与平铺在地上的石头联系在一起，也与大地和草联系在一起。再看他的身体——这时，我猛然觉得，艺术家是把诗人的身体雕刻成了一只鸟——飞翔，向上，努力向上。是的吧，这是天使在邀请一颗疲惫的心灵，向上，采撷天空的辽阔与安宁。

1936 年，曼德尔施塔姆写了好几首与金翅雀有关的诗。他喜欢鸟，尤其是金翅雀。这种鸟羽毛华丽、意志顽强，总是高高地昂着头歌唱着，度过它们的时光。他深知，自己的被流放，形同笼子里的金翅雀。可是，尽管一双翅膀失去了自由，"笼子是一百条谎言的铁条"：

> 但还有萨拉曼卡的森林
>
> 供聪明的、不服从的鸟儿出没。

萨拉曼卡的森林远在西班牙，也近在幻想之境、慰藉之畔。这是诗人不得不为、不能不为自己的灵魂之翅，建起的自由之林。

但是，当他睁开眼睛，现实又让他发出绝望的撕裂的声音。《让这空气成为证人》：

> 教教我吧，已经忘了
> 怎样飞翔的瘦弱的燕子，教我
> 无羽，无翼，又怎能
> 应付空中的那座坟墓？

既然空中也是坟墓，那就紧贴大地吧，和野草在一起，和尘埃在一起，和来来往往的脚步在一起，和雨在一起，和风吹落的叶子在一起，和雪在一起。

> 你们啊，低语的乌拉尔群山，宽肩的伏尔加土地
> 或这平原的乡村——都是我应得的权力——
> 我还要继续深深呼吸你们。

我从雕像旁站起来。

我盯着那张嚅动的嘴，盯着那被束缚的鸟的身体，盯着那身体旁的土和杂草。然后，我又蹲下来，拔掉了几根枯了的草。

一刹那间，我感觉到了这个举动的幼稚，可笑，甚至愚蠢。

它，诗人的雕像，不是高高大大的，不是竖立在广场上、博物馆前、大街的林荫路旁，让人们仰视和敬拜，而是低低的，隐身于这一古老的后花园的不起眼的一角，任由尘土罩面，杂草陪伴，过往的脚步匆匆，也不会有鸽子飞来……

它，诗人的雕像，在还原那一个真实的曼德尔施塔姆。在还原那

个恐怖的时代——1936——这里的黑夜，看不到黎明。

此时，再一次回望那座雕像，再低吟阿赫玛托娃的诗：

> 在遭受贬黜的诗人房间里
>
> 恐惧和缪斯在轮流值班。
>
> 黑夜潜行
>
> 它不知道黎明。

哦，在我们生存的这个地球上，在我们身边，是不是还有那样的黑夜——它不知道黎明。

如果有，就让诗人的愿望变成现实吧——但还有萨拉曼卡的森林。

>曼德尔施塔姆纪念碑（范行军摄）

塞瓦斯托波尔七记

一、古老的"至尊的城市"

看到克里米亚半岛的地图，目光自然落在了雅尔塔，且想象着此次疯狂——出国前，无法预订酒店，但还是坚定要前往这块被西方一些国家制裁中的争议之地——就为寻访契诃夫故居——哪怕夜里睡海边沙滩、躺街边长凳。但，当我看到地图西南的塞瓦斯托波尔，感觉一下它与雅尔塔的距离，竟激动起来。我给宁宁打电话：从雅尔塔再去塞瓦斯托波尔吧，托尔斯泰在那里参加过克里米亚保卫战，也就是在那附近打牌，输掉了母亲留给他的遗产——三年前我们在雅斯纳亚·波良纳，从生养他的主宅空地走过。我还说，托尔斯泰正是参加了这场战争，认定自己"无论如何不可能做一个说甜言蜜语的作家"。宁宁在做行程的细化攻略了，深知时间紧张，要看的地方很多，却果断地说：范兄，想去我们就去。

于是最后的行程：从莫斯科飞克里米亚首府辛菲罗波尔，再到雅尔塔，从雅尔塔前往塞瓦斯托波尔，再回辛菲罗波尔，飞新西伯利亚，停留一天，飞北京。

兵马未动，心思先行，我继续盯住塞瓦斯托波尔，从那里遥望敖

流放在 温暖的
西伯利亚

德萨。

　　塞瓦斯托波尔之意来自希腊语，意为"至尊的城市""光荣的城市"。公元前 4 世纪希腊人就在克里米亚半岛西南建立了古城赫尔松涅索斯（半岛之意）。后来，这里被努尔哈赤的子孙长期管理，建立克里米亚汗国，而奥斯曼帝国对此一直垂涎三尺，终于得手。这里更是俄罗斯的军舰、商贸船只和旅行轮船到地中海以及更远的海域的最近的出发地。1773 年，自 17 世纪开始就与奥斯曼争夺这个出海口、共进行了 9 次战争的俄罗斯，硬是吞并了这块骨头。叶卡捷琳娜二世[1]宣布，克里米亚并入俄罗斯版图，却也深知它不是硌掉了几颗门牙就能说得过去的。这个女人深谋远虑，将自己最信任、最得力的情人波将金派到南疆，后者组建了举世闻名的黑海舰队。战略要地，兵家必争。整个欧洲都希望它不属于俄罗斯。当年，英国发动克里米亚战争的"主战派"观点就非常明确：永久地遏制俄罗斯，削弱俄罗斯帝国的力量，使之无法与大英帝国抗衡。

　　俄罗斯对塞瓦斯托波尔有着深厚的宗教情感。编年史记载，公元988 年，基辅大公弗拉基米尔就是在赫尔松涅索斯接受了洗礼，从而把基督教带到了基辅罗斯。这是克里米亚最神圣的地方，1827 年俄罗斯人在赫尔松涅索斯遗址处建起了一座圣弗拉基米尔教堂。1854 年秋的一天，英法联军攻打克里米亚，法军登陆扎营的地方，离这座神殿不过几米远。这一耻辱是叶卡捷琳娜二世不可能想象的。我相信，她要是在世，绝不可能发生这样的事儿。第一次见到她是在书上，威仪的胖，然后是 2015 年 8 月第一次圣彼得堡之行，在皇村的叶卡捷琳娜

---

1. 叶卡捷琳娜二世（1729—1796）：俄罗斯罗曼诺夫王朝第 12 位沙皇，后世尊为叶卡捷琳娜大帝，也是俄罗斯历史上唯一一位被冠以"大帝"之名的女皇。她原名叫索菲娅·奥古斯特，出生于一个没落贵族家庭，父亲是普鲁士军队中的一位将军。1744 年，她被俄罗斯女皇伊丽莎白一世挑选为皇位继承人彼得三世的未婚妻，1745 年与彼得结婚并皈依东正教，改名叶卡捷琳娜。1761 年，伊丽莎白女皇逝世，彼得即位，史称彼得三世。1762 年，她率领禁卫军发动政变，推翻彼得三世，登基称帝。

宫，她的画像可用辉煌形容，而涅瓦大街南侧的纪念碑，她高高在上，权杖紧握，身体发福，像个孕妇却也威风凛凛。1787年元月的一天，叶卡捷琳娜二世的大队人马出了皇村，一路南行，巡视帝国，5月下旬到了克里米亚。一日中午在一个高处，波将金将凉亭的一个帘幕拉起，女皇眼前万里无云、碧蓝如洗，再看塞瓦斯托波尔海湾，在阳光下闪

>叶卡捷琳娜二世纪念碑，在圣彼得堡（范行军摄）

烁着粼粼的波光，波光之上是正在组建的黑海舰队。

克里米亚战争[1]（1853—1856）时期，塞瓦斯托波尔拥有4万多人口，10年后不过6000人。1942年德国人攻占这里，"至尊之城"再遭涂炭。1954年苏共前总书记赫鲁晓夫又将它划给了乌克兰，有八卦说他是酒喝多了，可说出的话又无法收回。1991年乌克兰在苏联解体时独立，俄罗斯再次失去了这颗珍珠。还好，黑海舰队可以继续留在这个重要的海港。

2014年3月16日，克里米亚再次令世人瞩目。这里举行了全民公投，结果是愿意归属俄罗斯，3月18日在克里姆林宫迅速签署条约，塞瓦斯托波尔以联邦主体身份加入俄罗斯联邦，成为其第三个直辖市。2016年7月28日，俄罗斯总统普京签署命令，将南部联邦区和克里米亚联邦区合并改组为新的俄南部联邦区。面对这一系列操作，一些西方国家看不下去了，无法再组成"联军"，就搬出惯用手段：制裁。

1.克里米亚战争（1853—1856）：英、法发起的旨在遏制俄罗斯帝国称霸欧洲的战争。战争主要战役在克里米亚半岛的塞瓦斯托波尔。俄军战败。

制裁在我们出行前就体验到的：一是无法预订到当地酒店；二是要往钱包里塞进足够的卢布，整个克里米亚之行，都不能刷卡，消费只能用现金。

二、思想自会给自己找到适当的地方

8月的一天上午，我们坐上了出租车，车是雅尔塔那家酒店美丽的女老板给预约的。车速很快，沿着海边公路前往塞瓦斯托波尔。一路风光旖旎。我为终于可以前往托尔斯泰年轻时战斗过的地方而欣慰。

1853年，托尔斯泰与哥哥尼古拉在高加索当兵，后因哥哥退役了，他就想到与土耳其交战的前线去，申请于1854年1月获准，这个新提拔的上尉在3月到达前线，可是不久法国和英国向俄宣战，克里米亚战争爆发。1853年10月俄国与土耳其再次开战，尼古拉一世的野心暴露无遗：搞定土耳其，控制博斯普鲁斯海峡，再掌控地中海。联军的目的也很明确，在欧洲，想当霸主还轮不到俄国。1854年9月2日，英法土联军在克里米亚登陆。这时，托尔斯泰请求到塞瓦斯托波尔参加保卫战。

塞瓦斯托波尔附近的登陆使我痛苦，过于自信、不能吃苦是我军主要的可悲的特点，也是一切太大太强的国家军队共同的特点。

他在9月初的日记如上写道。联军登陆后开始了围攻，10月17日，俄军与联军展开炮战，守军损失严重。11月初，托尔斯泰赶到了敖德萨，一周后来到塞瓦斯托波尔，他对一开战就失去六千官兵感到气愤，却又在途中与一位漂亮的乌克兰姑娘过了一夜。他没有得到马上参战的任务，住了9天，将看到的记录了下来：

大家都相信，敌人不可能拿下这座城市，确实不可能。……
我一次也没有能够参加行动，但我感谢上帝让我见到了这些人，
并且生活在这样一个光荣的时代。

他还打牌，尽管多次下过决心再也不赌了。他和所有赌徒一样，
赢少输多，1855 年 1 月末，他赌红了眼，"打了两天两夜"，输掉了"雅
斯纳亚·波良纳的那座房子"，他在日记中"憎恶自己，真想忘掉自己
的存在"。

我喜欢看托尔斯泰的日记。他敢于剖析自己，大胆、坦率、真
诚、反思，而他不经意间留下的文字常常给人以启示。就像他在 1854
年 1 月 5 日写的——思想自会给自己找到适当的地方——等于是我的
思想让我来到了这里。

此刻，车在路上行驶了一个多小时。塞瓦斯托波尔，不远了。我
透过车窗向右张望，在想：哪里是巴拉克拉瓦？

巴拉克拉瓦，如今算是古战场了。1854 年秋，联军在塞瓦斯托波
尔南边高地安营扎寨，准备展开南北夹击。英军在此犯下一个错误，
他们没从这里到城区外的营地修建道路，运送武器弹药和食品给养等
成了问题，士兵吃不饱，叫苦连天。再看法军士兵，三五成群捕猎野
兽，还到海边捕鱼、抓乌龟，河边的青蛙也捉来煮了吃，有的士兵还
能把老鼠肉变成美味。英军士兵又眼馋又无奈，他们大都来自没有土
地的阶层，或是都市贫民，这些活都不会干，而法国士兵很多来自农
村，很会养活自己。

时间过去了 90 多年，1945 年 2 月的一天，丘吉尔结束了在雅尔塔
与美国和苏联领导人的会谈，来到了巴拉克拉瓦。他注意到一个情景，
当女儿萨拉要把巧克力分给一些小孩子时，一个苏联士兵挥手赶走了孩

子们，并告诉英国人："我们的小孩子不需
要别人来喂东西。"丘吉尔对自己的医生说：
"我注意到他们的脸。他们流露出骄傲自豪
的神色。他们有权感到骄傲。"当然，丘吉
尔在此也会为一个女士而骄傲，她就是南丁
格尔[1]。1854年10月的一天，南丁格尔从《泰
晤士报》上看到，英军在克里米亚前线竟然
没有护士。11月4日，她带领38名护士抵
达斯库台战地医院，恰逢大批伤员从巴拉克

>南丁格尔雕像，英国伦敦

拉瓦运到那里。她推动了医院对许多工作进行改善，例如重新规划了
厨房，买了新的锅炉，主导了对病房的清洁，总之，她卓有成效地提
高了护理工作，大大减少了战场外感染疾病，以及士兵受伤后没有适
当的护理而伤重致死。她每天工作20个小时后，还要在深夜巡房，给
伤员们带去基督教的宽慰之辞，被人称颂为"提灯女士"。正是由于她
的努力工作，使得地位低微的护士形象大为提高，成为"白衣天使"。
5月12日，如今的护士节，设立在她的生日这一天，以纪念这位近代
护理事业的创始人。

三、初识塞瓦斯托波尔

　　车继续向西偏北，渐渐远离了南边海岸，但眼前出现一大片黄色
的土地，还是出乎意料。应该说是一片荒芜的土地。心跟着荒凉起
来。又往前行驶了一会儿，还不见一座像样的建筑，路边也没树。中
午的阳光明晃晃地照下来，肆无忌惮。两个男人在前面出现了，其中

1.南丁格尔（1820—1910）：现代护理事业创始人和护理教育奠基人。1853年成为伦敦慈善医院的护士长，
1854年11月，她带领38名护士到英军野战医院，担任护士长。

一人手里牵着骡子。之后，路的北边出现一座座看起来造型别致的房子，睁大眼睛再看，不难猜想都是人走屋空了，也不难想象这里曾经的热闹，夜晚灯火明亮，歌声中飘出阵阵的烤鱼香，毕竟这里临海呀。又看到几台挖掘机，还有一队士兵在右边的操场上练习，再远一点的地方闪现出一些鲜艳的房子，还有河有桥。但近处却再也没什么好看的了。可我还是盯着前面和两边，生怕错过可能出现的美景。这时，车向左拐了，也就是向南驶去，路况不太好，颠簸了两下，不远又过了两条铁轨，铁轨间的枕木长满了草，无精打采的。路边也都是草，绿的少，枯的多，远看就是一大片的荒草，可以放马狂奔。这是要到哪儿去？会是海边吗？但愿是海边。考虑到在莫斯科的柴可夫斯基咖啡厅，老同学的女儿允儿，帮助预订的雅尔塔酒店，各方面都很好，这里也应该不会有问题。车开进有房子的地方了，都是些低矮的毫无特色的建筑。

这时，我对宁宁说，对不起，让你陪我来这里。宁宁安慰我，没事。

车拐来拐去，拐进一条右边的小路，最后，停在南边一人多高的灰色的爬满爬山虎的墙下。司机下车，我们跟着下来。宁宁看到墙上的酒店名字，对照了允儿发给我们的地址，冲我点点头，酒店就是这里。司机打电话，估计是雅尔塔那家酒店美丽的女老板事先联系了这里，又把电话给了司机。果然，一道小铁门开了，一个中年女人迎过来，绽开质朴开心的笑。原来，我们又是这家"深层酒店"好几年才来的第一批东方客人。

我们是中国人。

走进小铁门，立刻看到了绿叶和花，五颜六色的，天空跟着也变得蓝了。再迈上几个台阶，前面是一个凉棚，里面有秋千和藤编的吊椅，几个小孩子在晃悠。走上左边的台阶，眼前顿时一亮，蓝汪汪地

流放在 温暖的西伯利亚

闪动着一个小游泳池，躺椅上有五六个女人吧，朝我们这边看过来的是两个年轻的女孩。在经过了一大片荒原之后，这里简直就是一个小小的世外桃源。跟着中年女人走进左边的房子，浑身立刻凉爽起来，进门就是小服务台，右边是个酒吧，墙上挂着舵、渔网，还有海底世界的图片。屋里有六七个座位吧，一个男人在喝扎啤，脸色红润，胡子雪白。这时，一个脸上点缀着雀斑的女孩过来，她的英语说得很好，宁宁很开心。她引领我们上到二楼，打开一个房间，我来到阳台，先看到的就是院子里的游泳池，稍一抬头便看见了南边的黑海，那一道深蓝仿佛一块巨大的玻璃，平铺着。

以为可以躺下休息一会儿了，女孩又带我们走出酒店，向西走了100多米，停在南面的一道铁门前，示意如何使用钥匙，打开了这道门。此门一开，出现一个山洞，她笑笑，让我们跟她进洞，我们也就傻乎乎地跟着进去了，丝毫没考虑这会不会有什么危险。山洞向下，有台阶，洞壁上亮着小灯泡。一开始感觉黑，然后是凉，潮湿，越往下越凉，台阶也越潮湿。我这时隐约感到，这里是通向黑海的。走完台阶，又走十几步，海声和风扑面而来了。当置身洞外，黑海，以平等的姿态展现在脚下，令人立刻心潮起伏。嗨——我大喊一声，吓了女孩一跳，同时有十几双目光齐刷刷地聚焦过来——站着的男人和躺在浴巾上的女

人。我继续目中无人，做着扩胸运动，来到一块岩石上，蹲下来，用手撩着水，之后把手指伸进嘴里。一点不咸。

这里的海水，不再是在雅尔塔的海滨大道、里瓦几亚宫和燕子

>黑海边（范行军摄）

>通向黑海的山洞（范行军摄）

堡看到的三种颜色，而是一色的深蓝。面朝大海，8月的海风温和中带着清凉。远处，一艘白色轮船好像一只胖胖的白鹅，浮在那里懒得动一下。我向西南望去，在那里更远的海面，曾经"仿佛是飘在水上的一座巨大的工业城市"——1854年9月的一天，一位法国军医在日记里记下联军船队出发后，海面上桅杆林立，天空下浓烟滚滚。

再次回到酒店，宁宁与女孩沟通，希望请一个导游，我们最想看看托尔斯泰参加克里米亚保卫战的遗址。接着，享用了一顿可口的午餐，啤酒、烤鱼、果蔬沙拉。终于躺到床上时我翻开《托尔斯泰文集》第二卷，书里有三篇描写克里米亚战争的小说，也可以说是战地报告。

四、危险总是有吸引力

下午3点多钟，我们出门坐上了酒店给预约的出租车，司机40来岁，戴墨镜、短袖T恤，胳膊赤红，金色的汗毛像秋日的草。他请我们上车，车子一动就打开音响，我的天，一路都是震耳欲聋的音乐，伴着车速的一路狂奔。昨天在雅尔塔，从里瓦几亚宫下面的小酒店到燕子堡，就已领略了克里米亚半岛司机的狂野，就是——能不减速，决不减速，管你是不是盘山路。那么好吧，也需要振奋一下精神了，让车速来得更猛烈些

>孔宁在黑海岸边（范行军摄）

流放在 温暖的西伯利亚

吧，也就不看窗外的景致了。他非得减速不可时，是将车停在路边打
电话。估计是给导游吧。还真是，几分钟后，走过来一位小巧玲珑的
年轻女人，也戴墨镜，见了我们
马上摘下来。她和宁宁说话时，
我就看旁边的街道，看到了属于
这座城市特色的"白色"房子，
却也不多，没有高楼大厦，四周
大多是平房或是两三层的楼房。

>塞瓦斯托波尔保卫战纪念馆

又坐上车不长时间，再下车
就跟着女导游走进一个很大的公
园，她指着前方一座圆形的白
色建筑，告诉我们那就是克里米亚战争纪念馆。纪念馆建在当年第四
棱堡的原址上，它是战争期间最危险的地方，同时遭到英法联军的炮
击。我们买了票进去，像走进神秘的影院，跟着前面的人来到二楼，
一下子就进入一个硕大的空间，眼前展现的是一幅战争全景图。这里

>克里米亚保卫战全景图（范行军摄）

硝烟弥漫，仿佛还能听到大炮的轰
鸣、士兵的喊杀、躺在堑壕里伤员
的呻吟。这幅全景图由真人尺寸的
油画和模型组成，再现了1855年
6月18日俄罗斯守军击败联军的
场景。

从纪念馆出来向北走，我大步
流星地走在前面，就像三年前在
新圣女公墓，相信一定能找到奥斯
特洛夫斯基的墓地，果然，我很是
骄傲地站在一座不高的白色雕像

前——我找到了托尔斯泰。这座雕像是 1955 年竖立的，为纪念作家参加保卫战 100 周年。1854 年 11 月 7 日，托尔斯泰来到了战火中的城市，晋升为二级中尉，分配到第 14 炮兵旅第 3 炮兵连。但他在城里住，离防御工事很远。他在 11 日的日记中显得很乐观，敌军"攻下塞瓦斯托波尔绝无可能"，又在给家人的信中说，"我军士气之高是笔墨无法形容的"。

>克里米亚保卫战全景图（范行军摄）

我看着这座雕像，它如此低矮，是不想让其高于这里的巨大牺牲吧。离开托尔斯泰，往西上了一个缓坡，站在了俄军防守阵地上。大炮还在，炮身上雕刻的帝国双头鹰依然清晰。我拍了拍大炮，阳光把它晒得很热。顺着炮口往前看，是一片低洼的开阔地，联军在此发动了猛烈的围攻，硝烟散尽，一个高大的空中缆车在阳光下闪亮，那里好像是个公园。我在阵地上来回走着，这里还是围困初期的样子：俄军的防御工事大多是匆忙中用柳条、柴束、石笼网加固的土木工程。托尔斯泰给家人的信中说，"妇女们给士兵往棱堡送水"。后来俄军才修建了更为牢固的新型防御工事，在棱堡中添加了炮位掩体以增强防卫能力。这些掩体在地下几米

>作者在托尔斯泰纪念碑前

流放在 温暖的 西伯利亚

深处，顶部覆盖着从船上拆下来的厚重木条并盖以土木，可以承受最猛烈的炮火。在防卫最强的棱堡（马拉霍夫和第3棱堡），修建了迷宫似的掩体和房间，里面有台球桌，每个棱堡内都有一间小型的祈祷堂和诊所。我四下里张望，想找到它们的位置，它们离这里不远。看不到它们了，我看到一片小树林，树荫下几个年轻人坐在草坪上聊天。

我向北跑了几步，站在一个高处，向东边更远的地方看去，就看见一块楼房山墙的断面，希腊风格的建筑上花纹可见，还有"1885"的字样。这年冬天，托尔斯泰先在炮兵旅的营地上，后来才和炮兵连一起来到第4棱堡，他每8天要在棱堡做4天的军需官，其余时间住在城里的一个街边房子。执勤时，他要睡在掩体内的一个小房间，一开始对自己"除了当炮灰，而且是最无用的以外"很生气，可过了两天就对身在第4棱堡非常喜欢了。他写了《塞瓦斯托波尔的日夜》，还写了一点《青年》。他坚持写战地日记：

> 危险总是有吸引力，观察和我生活在一起的士兵、水兵，以及战术本身，令我愉快，因此我不想离开这里。再说，如果发动强攻，我很想参加。

五、战争之痕与孤独的小号

离开克里米亚战争遗址，女导游带我们去看一座教堂，而我想到市区随便走走，看看街道，看看人，再看看海湾。宁宁和她交流愉快，我插不上嘴，就到处乱看，就看到左边一处废弃的花园里有一座灰突突的纪念碑，近前一看，是列宁。当年，他可是在一个重要的广场上，位置显赫，此时此景不免太落魄了。女导游看我如此，不以为然，她对制裁也不屑一顾——宁宁翻译给我听："你们看到了吧，这里没有乱，不像西方媒体说的那样。"她也坦然，一些外资企业的撤离造成了一些人的失业。

我们来到圣弗拉基米尔教堂。这座教堂的前身在克里米亚保卫战时，成为战地医院，战后重建，里面安葬着重量级将领，其中就有纳希莫夫[1]将军。她指着墙上的弹痕，说是德国人留下的。而刚刚走过的一段路也是德国人留下的——战俘修建的。路修得很一般，不像德国人干的活。再看那些弹痕，破坏嘛，总是比建设更能显示出视觉效果。

托尔斯泰绝想不到，距他和俄军撤离塞瓦斯托波尔还不到100年，德国人又来到这里，只不过这一次他们被赶跑了。也许，他们没有看过作家当年在《十二月的塞瓦斯托波尔》中描写的："在任何一张脸上，您都看不到忙乱、慌张，甚至激昂慷慨、为国捐躯、坚决果断的痕迹——根本没有那么回事……"人们都在"平静地从事平凡的工作"。可见，他们并不害怕来敌。

当然，托尔斯泰不能不正视战争的惨烈。当他来到收治伤员的地方，看到的则是另一种情形：

> 您可以看见锐利弯曲的手术刀切入白色壮健的肉体；您可以听见那个伤员在突然恢复知觉的时候发出可怕的撕裂人心的叫喊和咒骂；您可以看见医生把截去的胳膊扔到墙角里；……您看到的战争将不是队形井然、美丽雄伟的队伍，不是军乐悠扬、战鼓咚咚、军旗飘扬和骑着骏马的将军，而是战争的真相——流血、痛苦和死亡……

---

1. 纳希莫夫（1802—1855）：俄罗斯帝国海军上将，在1853年指挥舰队大败土耳其海军。1855年在克里米亚保卫战中，巡视工事时受伤身亡。他安葬那天，敌军停止炮击和进攻。

离开教堂走上了的大街应该是列宁大街，我再次回看那座纪念碑，心想：这里太应该为尼古拉·皮罗戈夫军医建立一座纪念碑了。1848 年皮罗戈夫在高加索地区担任随军医生，首创使用乙醇，成为第一个在战地手术中使用麻醉术的外科医生。1854 年 12 月他抵达塞瓦斯托波尔，与手下的外科医生同时在 3 张手术台上工作，每天一站就是 7 个多小时，完成 100 多个截肢手术。尤其是，他创造了比英军和法军医院都高的存活率——手臂截肢的伤员中，65% 能活下来，而大腿截肢是这场战争中最危险也是最常见的手术，伤员手术后的存活率，皮罗戈夫创造的也比联军的医院里要高。

我们来到了市政府广场，纳希莫夫将军雕像在广场中央高高矗立。我们向右边的"伯爵码头"走去，耳边隐隐地传来寂寞的小号声，而一座高大雪白的上面刻着"1846"的大门建筑却吸引住目光，它在绿树的衬托下格外醒目。走过它就是一个小码头，几个老人稳坐小凳，拿着鱼竿，看着水面的鱼漂。他们身材很高，坐姿不太舒服，却都很专注，丝毫不在意身边的游人在看，或是拍照。海湾里停泊着许多游轮、货船、拖船，对面的岸边还有黑海舰队的军舰。一艘游轮此时驶出码头，波纹荡漾过来，将水面上的光与影揉得更碎。

您要是走近码头，就可以闻到煤灰、粪肥、潮湿和牛肉发出的一股怪味；成千上万样不同种类的东西——木柴、肉、土篮、面粉、铁等等——都堆在码头附近；各团的士兵，有的背着背包和枪，有的没背背包和枪，都挤在那儿抽烟，骂街，把笨重的东西搬运到一条停泊在浮桥旁的冒烟的轮船上；私人的渡船载满了各种各样的人——士兵、水手、商人和妇女，有的正靠拢码头，有的正从码头上开走。

> "伯爵码头"上钓鱼的老人（范行军摄）

"对面就有黑海舰队的军舰。"女导游的话把我从《十二月的塞瓦斯托波尔》里拉回来，但我眼前还是站着托尔斯泰，他在这里，目光越来越沉郁。

从码头回转，来到广场中央，纳希莫夫看起来并不威武，而是温和地站着，很有绅士风度。他穿着军大衣，抬头远望，左手微微放在身后，右手有力地握着单筒望远镜。1856年6月28日，身为军港总指挥的他在视察棱尖棱堡的炮台时，被一颗子弹击中面部，昏迷两天后去世。他的葬礼是一个庄严、肃穆的仪式，敌人敬畏地沉默着，葬礼期间没有发射一颗炮弹。

这时，我又听到了小号声，是从右边一个俱乐部或是剧院门前传过来的。我们走向海边公园时经过他，他是一个微胖的男子，在浓浓的绿荫下，对着西边，旁若无人，小号嘹亮而寂寞。他身后不远处放着一顶礼帽，帽口向上。我往里面放了100卢布。

六、黄昏的沉船纪念碑

塞瓦斯托波尔给我最初的美感和遐想，来自普宁的小说《中暑》："街上空无一人。两边的房子都是一个模样，全是商人住

>纳希莫夫将军纪念碑（范行军摄）

流放在 温暖的西伯利亚

的两层楼砖房，墙壁粉得雪白，还连着个大花园，花园里似乎也没有人影。马路上覆盖着一层厚厚的白色尘土。所有这一切看上去十分耀眼，所有这一切全都沐浴在明亮而又像火一般灼热的阳光下。……这种景象颇有点像南国风光，使人想起塞瓦斯托波尔……"哦，塞瓦斯托波尔，白色的城市，在另一个人的记述里得到证实。1900 年，斯坦尼斯拉夫斯基带着莫斯科艺术剧院的演员前往克里米亚演出，他描绘了一幅生动的景象：

> 一个暖和的春天的早晨，鲜花，鞑靼人的鲜艳服装，他们美丽的头巾，太阳。到达白色的塞瓦斯托波尔了。世界上很少有城市比塞瓦斯托波尔更美丽的。白色的沙地，白色的房屋，垩白的山，蓝色的天空，浪花飞溅的碧海，白云和炫目的太阳。但是几小时以后，乌云遮住天空，还变成深黑色，风起来了，下起一阵夹着雪花的雨，传来永不停歇的一种令人毛骨悚然的汽笛声。冬天又来了。

现在是盛夏，花红叶绿，傍晚的阳光像铜管乐器一样的金黄，在建筑上，在树干上，在地上，在肩头上，有着重量感。走进海边公园，右边的一个舞台上正有歌舞表演，台下坐着很多人，站着的观众很多就跟着音乐在扭动，喜气洋洋的。

都是黄昏，在托尔斯泰的眼里：

> ……夕阳从遮瞒天空的灰色的云层里透射出来，霎时间发出了万道血红色的霞光，照亮了紫色的云彩，照亮了沧海和在浩淼平稳的海面上起伏着的巨舰和小船，照亮了城市的白色建筑物和街道上熙来攘往的行人。林荫道上的军乐队奏出的一支古老的华

尔兹的曲调，飘过水面，同棱堡上传来的炮声奇妙地应和着。

舞台上的舞蹈表演结束了，我和大家一起鼓掌，然后向海边走去。路边的树木高大，浓荫与树叶间金黄的光相互衬托，小孩子在草坪上奔跑，玩耍，踢球，路边的长椅上坐着他们的父母，还有老人，他们安静，自在，享受落日余晖的暖意。

>海滨公园草坪上玩耍的孩子（范行军摄）

"难道这就是塞瓦斯托波尔？"

我同柯泽尔佐夫兄弟一样，不禁轻轻地叹道。托尔斯泰在《一八八五年八月的塞瓦斯托波尔》里，描写了柯泽尔佐夫兄弟俩参加保卫战，并战死沙场。当小柯泽尔佐夫跟随哥哥来到这里时，被眼前的情景震撼住了。敌人的强大与城市的美丽，同时映入他的眼帘：

他们眼前展开了桅樯林立的海湾、远处敌舰云集的大海、海滨白色的炮台、兵营、输水管、船坞和城市的建筑，还有从环抱城市的黄色的群山不断升起的白色和淡紫色的烟云，停留在蓝色的天空，被夕阳的玫瑰色的金光照耀着，而那光华四射的夕阳正

流放在 温暖的
西伯利亚

向黝黑的大海的水平线下沉落下去。

此时，海边聚集了很多人，不少人以海里的"沉船纪念碑"为背景合影。当宁宁给我拍照时女导游打开皮夹，拿出一张 20 卢布钞票递给我，我一看就明白了，钞票上的画面正是沉船纪念碑。两天后在新西伯利亚国际机场，我趁着买明信片的机会，换了 3 张同样的纸钞留作纪念。拍照后，我看着海面，海鸥轻飞，波浪轻悠，沉船纪念碑像一只从石头上伸出的黑黑的手臂，向上握起拳头——其实，雕像最上面是一只飞翔的鹰。

1854 年 9 月 27 日，联军从海港南边再次发动进攻，法军占领了重要的马拉霍夫要塞，英军攻下了棱尖棱堡，俄军在失去这两个重要的阵地后，大势已去。晚上 7 点钟以

>沉船纪念碑（范行军摄）

后，撤离行动开始了，俄军把任何可能对敌人有用、自己又带不走的东西：要塞、舰船等等，全部炸毁。托尔斯泰目睹了这一切：

> 在亚历山大炮台所在的遥远的海岬的水面上，好像笼罩着一片大火……在大火的映照下，可以看见我军的缓慢地、越来越深地沉入水中的舰船的桅樯。

俄军的撤离到了第二天早上 8 点完成，最后一批守军用剩下的大炮击沉了海港里黑海舰队的最后一批舰船，撤到了北岸。托尔斯泰是最后一批过河的守军之一，这一天是他 27 岁的生日。他给家人写信：

"当我看到整座城市陷入火海，法国旗帜在我们的棱堡上升起时，我哭了。"他在《一八八五年八月的塞瓦斯托波尔》的最后写道：

> 在塞瓦斯托波尔棱堡的整条战线上，多少个月来一直沸腾着的斗志昂扬的生活，多少个月来都看到视死如归的英雄们前赴后继地死去，多少个月来使敌人恐惧，憎恨乃至于钦佩的塞瓦斯托波尔的棱堡上，现在已经看不见人影了。……从北部回头望望被放弃的塞瓦斯托波尔时，几乎每个士兵心里都怀着说不出的痛苦叹了口气，并向敌人摇摇拳头。

克里米亚战争是最后遵从"骑士精神"的战争。托尔斯泰的战时报告却无意为此做了佐证：交战双方同意停火后，就可以各自运回尸体、救治伤员：

> 在我军的棱堡和法军的堑壕上都挂着白旗，在它们之间的野花盛开的山谷里，成堆地躺着穿灰军服和蓝军服、没有靴子、缺胳膊断腿的尸体，伕役们正在把尸体搬运到车上。空气里充满着尸体的难闻的恶臭。

这之后，两军士兵就会纷纷走出来，怀着热切、善意的好奇心走在一起。

法国兵会问俄国兵："为什么这只鸟在这儿？"

俄国兵回答法国兵："因为这是近卫军的公文包，先生，它上面有帝国的鹰徽。"

两人相互点烟，还赠送了烟嘴。但抽完烟，白旗收起，接下来又是你死我活，面对面的炮击、肉搏：

……都是基督徒，信奉爱和自我牺牲的同一个伟大的教义，他们在看着自己所做的事情难道就不会怀着悔恨突然跪在把生命赐给他们、同时也把死的恐惧和对善与美的爱放进每个人心里的上帝面前吗？难道他们就不会含着欢乐和幸福的眼泪像兄弟般地相互拥抱吗？

可以说，托尔斯泰对这种"骑士精神"是不屑一顾的。而更为沉痛的是，这个世界依然还有："无辜的鲜血又在流了，呻吟声和诅咒声又听得见了……"

七、这片土地上，纪念碑无疑多了些

离开沉船纪念碑，离开海边公园的祥和与美丽，坐车往西走。夕阳沉下去了，但余晖依在，天空没有一点暮色。看见路的右边有一个广场，立着纪念碑，一看那种高大、硬朗、雄姿，就是苏联风格。应该是二战纪念碑。我们下车前去，果然是，两个士兵站在高高的花岗岩基座上，下面是厚厚的垒成梯形的土，土是那种铁锈色。他们面向大海：水兵左腿屈膝在前，右腿在后，稳稳地支撑住身躯，左臂前举，右臂高举，握着一支上了刺刀的长枪；陆军战士在他右边，双手握着的好像是爆破筒，神情庄严。这座纪念碑太高了。当有个人出现在雕像下时，他的身高刚刚到水兵的脚踝。广场非常干净，一些孩子在跑、追逐，一个穿着灰色裙子的小女孩骑着红色的小自行车，摇摇晃晃，停在父亲跟前，父亲蹲下来与小女孩说话，看样子是在指点她。小女孩听着，然后又骑上车子，还是摇摇晃晃，那做父亲的也就蹲着，在看。

和平，真好。

三年前 8 月的一天，在圣彼得堡的彼得－保罗要塞，我没去参观那座保罗大教堂，就因为里面还葬着尼古拉一世。我不能在脚步走向了十二月党人广场，再接近这个暴君。但是就在几天前，傍晚时分，当我们从伊萨基辅大教堂上下来，向南走，看到他骑在马上的纪念碑，倒是停下来，瞧了瞧他。我觉得他很孤单。他没有看到克里米亚战争的最后结局，1855 年 3 月 2 日就死了。但他深知，此仗必败，却无力发布撤退的命令。死前，他把儿子，未来的亚历山大二世叫到身边，让他转告将士："我请求他们宽恕我。"他没有承认正是自己将俄罗斯引入了一场灾难性的战争，却把失败算到了情报不利的账上。

>二战纪念碑（范行军摄）

宽恕总是轻巧地说出口，纪念碑常常是实实在在的沉重，因为下面埋着尸骨。何时，在这世界上，战争纪念碑能够少些，再少些。而在这片土地上，纪念碑无疑多了些。

克里米亚战争让塞瓦斯托波尔的土地上，竖立起了几百座纪念碑。在 3 座大型的公墓里，埋葬了大约 25 万俄罗斯士兵、水手和平民。联军方面，法国参战军人 31 万，损失了约 10 万军人；英国参战军人不到 10 万人，损失了 2 万人。双方共挖掘了 120 公里的战壕，发射了 1.5 亿发子弹和 500 万发各种口径的炮弹。1856 年 4 月 2 日，联军的大炮最后一次发出轰响，宣告战争结束。

轰隆隆的炮声中，世界上最大、最富有、最强大，也是野心最大的国家，从此坍塌了。塞瓦斯托波尔成了俄罗斯的一个缩影。1867年，马克·吐温在欧洲旅行时到了伊斯坦布尔，他向东北瞭望了片刻之后，决定还是到那个半岛去亲眼瞧一瞧，就乘坐上了蒸汽船。他来到塞瓦斯托波尔，这个城市的人口已经从10年前的4万多人下降到不足6000人，许多房屋依然带着烧焦的痕迹，炮弹还嵌在墙上。因为停战协议中禁止俄国人重建，这里更成了战争的遗址。他在《傻子出国记》中写道：

> 在这里，随便你往哪个方向放眼望去，除了废墟还是废墟。断垣残壁、房屋的碎片、凹凸不平的悬崖，到处都是毁灭的痕迹。好像一场可怕的地震把它的全部威力都发泄在这个小地方。

但，炮火从未停止。德国人在1942年6月7日，对塞瓦斯托波尔发动猛攻。德军占领了这里，也付出了2.4万多人的阵亡。希特勒做梦也想不到，他的对手竟然可以在1945年2月的一天，在克里米亚东边的雅尔塔坐在一起，讨论战后的世界格局了。

就在抵达塞瓦斯托波尔的前一天，我们来到了位于雅尔塔西边的里瓦几亚宫。我围着三巨头坐在一起的蜡像转着圈。他们大多时间里是谈得拢的，又在一些时候貌合神离。英国首相与苏联领导人坐在一起时，过去的伤痕并未愈合。斯大林对罗斯福的好感明显地超过了丘吉尔，当他听罗斯福说马丁尼酒加柠檬会更可口，立刻下令弄了一棵柠檬树，栽在里瓦几亚宫。雅尔塔会谈结束后，丘吉尔没有像罗斯福那样匆匆离开，他跑到停靠在塞瓦斯托波尔港口的英国军舰"弗兰克尼亚号"住了三个晚上，为能吃到家乡的味道而高兴。夜里，他写道：

"我们从甲板望向港口。虽然德国人几乎把它破坏殆尽，但现在那里已经恢复种种活动，夜里，废墟中还点了灯。"

此刻，海湾的路灯已经亮了。

我最后向雕像看了一眼，水兵的脚下，两个恋人在拥抱接吻。

大海安静下来。

八、暮色中的荒野

与女导游话别，回到出租车上，司机再次展示了驾驶技术的凶悍，一路狂奔，音响也再次开得极大。车越向南，建筑越少，西面天边的玫瑰色渐渐被灰蓝熏染成淡淡的几抹了。前面就是那两道铁轨了，车速稍慢，就见铁轨上有个人，坐北朝南。应该是个老人，头发稀疏，车开过时我看到他的脚边放着两个空酒瓶子。他一个人跑到这里喝酒，想必走了不少的路。在更猛烈的音乐声中，车一溜烟地驶入酒店门前的小路。下车后没有先回酒店，宁宁说没烟了，我们就往东面走，去找超市。走了一会儿，路到尽头，前面一片荒野，左边正好是一家超市，宁宁进去了，我走到路边，也是荒野边上。向北看，城市远远，现出一些不规则的稀稀落落的轮廓，南边的房子与酒店的差不多，都不高，却也把海挡住了，而整个东面就是一大片开阔地，只有草，没树，没建筑。

我看着荒草，心里空落落的，觉得有点累了，就坐在路边。不知怎的，想起了坐在铁轨上喝酒的老人。直到眼前亮了一下，回头一看是超市把二楼的灯点亮了。灯光下的墙面上是一个人的肖像，线条粗犷，涂鸦风格。

是普京。

下午在那个"1846"的码头，女导游说，普京就是从这里上岸的。她说的应该是克里米亚公投归属俄罗斯之后。普京的"登陆"应该让尼古拉一世在棺材里都能笑出声来。他还应该感谢普京的一点是，他这个沙皇渐渐又被人们想起来了，是这位喜欢开摩托、骑马、打猎的总统，发出了一个独特的命令：将尼古拉一世的肖像，悬挂在克里姆林宫总统办公室前庭的墙上。

此刻，我站起来，拍了拍屁股，在普京的注视下走进超市。

夜里，我看着宁宁美美地吸着烟，打开日记，写道："据说，随着1855年9月俄军的撤离，一些英国人显示了一个特别的嗜好，坐着轮船前来塞瓦斯托波尔，在还散发着炮火和血腥味道的战场，收集纪念品：一把俄军的刀或者佩剑……"

第二天，我很想把《托尔斯泰文集》第二卷留在这家"深层酒店"，可又实在舍不得，又塞进了双肩包。

这个春天，在我完成这篇较长的旅行札记时，乌克兰与俄罗斯之间，战争的乌云笼罩……

>超市墙上的普京画像（范行军摄）

不是男人，而是穿裤子的云

一、给社会趣味一记耳光

那天中午在街上转了又转，最后，选中一家格鲁吉亚风味的酒馆。它的外墙颜色和粗糙的表面都像岩洞，从门口往里看又有点幽深，透着一股子神秘，很适合一路的探寻。进去了再看，房中间有一个大大的鱼缸，吸引眼球的不是鱼，而是一条古老的沉船。再看窗户，好家伙，上下左右那厚度厚得极其夸张。桌子也稳，椅子也重，好嘛，一切看着都安全。点菜。烤鱼、烤肉、啤酒端上来了，味道与量，十分厚道。

行走，吃是很重要的。吃好，才能走好。

看我们吃得惬意，有个人会很开心，咧嘴大笑。当然，不会是斯大林，而是马雅可夫斯基，虽然他们的故国都是格鲁吉亚，黑海在西边汹涌澎湃。现在，黑海在鱼缸里。

想到马雅可夫斯基，不是偶然的。我很清楚，此次重返俄罗斯，在很多地方都会与他相遇：他的诗，他的嗓音，他的疲惫却斗志昂扬的姿态。这是必然，如他在《我自己》中说："有一次我一直跑到最高峰。山峦向北方低下去。北面有一个峡口。我以为那边就是俄罗斯。

流放在 温暖的
西伯利亚

非常想到那边去。"

后来，他真就来了。

>马雅可夫斯基出生地，格鲁吉亚库塔伊西省巴格达吉

这个浑身带刺儿、赌性十足的来自格鲁吉亚一个叫巴格达吉的小山村的男人，1906年来到莫斯科，13岁，10年后成了俄罗斯最能走的诗人。

他性情多变。1910年1月的一天，他第三次走出监狱，不想再做"地下活动"了，要搞艺术工作。于是，他拿起画笔，走向广阔的大地，一个夏天他就变了。伏尔加河的悠长与荡阔洗涤了他，他长高了，声音洪亮而自信。他更好动了，精力充沛，求知欲更强，也更有勇气和魄力。1911年8月，他考上了"莫斯科绘画、雕刻、建筑学校"。这所学校走出了很多著名画家，像萨夫拉索夫、希施金、列维坦。帕斯捷尔纳克的父亲曾在这所学校任教，为托尔斯泰的《复活》画了很多插图。很庆幸，我有老版的《复活》，插图就是老帕斯捷尔纳克所画。

要说马雅可夫斯基的画，也不赖，可他更青睐诗。"未来主义"领军人物布尔柳克听了他的朗诵，夸他是"天才的诗人"。他要不是把大量时间用在写诗上，我在莫斯科特列恰柯夫美术馆和圣彼得堡国家博物馆，在看过《白嘴鸦归来》《乡道》[1]，看过《黑麦》《维亚特卡省的松树林》[2]，看过《弗拉基米尔之路》《深渊旁》[3]之后，也许也会看到他的作品。不过坦白地说，他那些战斗的"招贴画"出现在这些地方，难度还是颇大的。

---

1. 萨夫拉索夫的代表作品。
2. 希施金的代表作品。
3. 列维坦的代表作品。

不是男人，而是穿裤子的云　　　　　　　　　　　157

但是，马雅可夫斯基"到那边去"的诗歌之路，走对了。

而我，也可以说是"到那边去"的最能走的诗的使徒。那天，早上到圣彼得堡南边的沃尔科沃公墓，朝拜屠格涅夫、冈察洛夫，中午到涅瓦大街起点的海军总部花园，向莱蒙托夫致敬，然后沿着涅瓦大街一路前行，再拐到铸造厂大街，向北，遇见了涅克拉索夫，又在舍列梅捷夫宫的后花园见到阿赫玛托娃，再拂去曼德尔施塔姆身上的灰尘。这之后，继续向北，在一个十字路口停下，等红灯变绿灯，穿过马路，站在布罗茨基故居的楼下，又在朝向圣主显容大教堂的路上右拐，绕到了诗人家的后院。从这里离开，原路返回，在"π"书店，看见普希金、帕斯捷尔纳克、茨维塔耶娃、叶赛宁，出来南行横穿涅瓦大街，去寻肖斯塔科维奇住过的地方。站在那栋楼前，窗户上反射着的已是落日的余晖。再次来到涅瓦大街，向着起点走去，一直走到普希金文学咖啡馆。在这里微醺了，再去涅瓦河畔，看青铜骑士，看十二月党人广场席地而坐的小孩和恋人，看夜色苍茫中隐约离开的勃洛克的身影。然后转身向南，走进安格列杰尔酒店，再出来，在墙上找到一座浮雕：叶赛宁的生命在此"断裂"……就这样一路走着。

行走疲惫。可真的说起行走之疲惫，还得是马雅可夫斯基。但是，他得允许我说，我是刚刚从涅夫斯基修道院的季赫温和阿扎列夫公墓而来，看过了陀思妥耶夫斯基，看过了柴可夫斯基，看过了希施金和库因奇[1]，最后看过了普希金的妻子娜塔莉亚，接着还要去寻"黑暗中写作的人"——陀思妥耶夫斯基故居——他会不太高兴的，不，他会哑然一笑的。甚至会带一丝愧疚，为自己的年轻，为自己的莽撞，为自己的不可一世。

1912 年年末，19 岁的马雅可夫斯基与几个朋友树起"未来主义"

1.库因奇（1841—1910）：俄罗斯著名风景画家，代表作有《白桦林》《第聂伯河上的月色》等。

大旗。他摇旗呐喊，声嘶力竭，蔑视一切。在俄罗斯，文学新人的每一步，都走在普希金、果戈理、陀思妥耶夫斯基、托尔斯泰的绿荫之下，而在马雅可夫斯基前面，还站着高大的勃洛克——他老老实实地承认，勃洛克就是整个诗歌时代——更何况，还有"象征派"，还有"阿克梅派"，还有"意象派"……对于"未来主义"，想要显山露水，只能剑走偏锋。这是战术。此前，他闯到了诗歌重地，在彼得格勒著名的"流浪犬"俱乐部做了人生第一次公开朗诵。他要面对的，不说勃洛克，就说古米廖夫，就说阿赫玛托娃，就说曼德尔施塔姆，哪一个他都招惹不起。但他毫不畏惧，大胆朗诵了《夜晚》和《早晨》——他也实在掏不出更多的诗作了。先把旗帜亮起来再说，一本"未来主义"文集也出笼了，包装纸印刷，破布包皮，实实在在地具有破坏性，加上一个响彻云霄的名字:《给社会趣味一记耳光》，这宣言前所未有的大胆、狂妄:

时代的号角由我们通过语言艺术吹响。过去的东西太狭隘。学院和普希金比象形文字还难以理解。把普希金、陀思妥耶夫斯基、托尔斯泰等等从现代轮船上丢下水去!

>青年时代的马雅可夫斯基

马雅可夫斯基认为，"只有我们——才是时代的代表"。他父亲要是没死，看到儿子此等嚣张也得被气死。这个身材高大、声音洪亮的林务官，常给家里的孩子读普希金、莱蒙托夫，在儿子心里种下了诗的种子。儿子如今等于忘恩负义。"未来主义"惹起众怒，他们暗自偷笑，他们名不见经传，巴不得各路著名人士骂他们，骂得越是狗血喷头，越为他们打广告。"未来主义"在众怒之下又开始了巡演，到辛菲罗波尔、塞瓦斯托波尔、基辅、明斯克、喀山、第比利斯、巴库。一程又一程。为了"未来主义"，马雅可夫斯基冲锋陷阵，他自小就喜欢《堂吉诃德》是有道理的。直到 1919 年年末的一天，也许真是疲惫了，他声明要"赦免伦勃朗"。其实，他的内心是尊崇普希金们的。10年后，他在诗中写道："我和您，都拥有永恒。"在他的住所，桌上堂而皇之地摆着《普希金全集》，而对于他嘲讽过的勃洛克，也能背诵其许多诗篇。说到底，"未来主义"宣言，除了用大喊大叫的方式挑逗各方面神经，引起多方关注，在他的心里，还是要打破一切束缚：

> 我憎恨
> 各色各样的死东西！
> 我崇拜
> 各色各样的生命！

喝酒！为各色各样的生命！

我和朋友宁宁为行走的顺利，碰了一下杯。

啤酒很好喝，麦芽味浓郁，稍有一点苦，但因为凉，苦味也爽利。服务员是个 30 多岁的女人，圆脸，笑眯眯的，挺耐看。可能我们点的菜有点多，还是两个东方人，偶尔她会把目光送过来，笑笑。我真想化身马雅可夫斯基，请她过来喝一杯。但遗憾总是有的。

从酒馆出来，在"陀思妥耶夫斯基"地铁站不远，看到了在"黑暗中写作的人"，他坐着，深深地，弯着背，双手抱膝。他的目光看着脚下。他不曾因为马雅可夫斯基说过，将他"从现代轮船上丢下水去"，而离开坚实的大地。这之后，我们又找到了著名的雕塑"爬烟囱的小男孩"，他在居民区一个楼的墙壁上，戴一顶黑色礼帽。如果他走下来，我愿意相信，他就是那个戴着礼帽，手拿烟卷，驾驶着"未来主义快车"的马雅可夫斯基。

那时的马雅可夫斯基，说雅就雅，说不雅那真不雅——他基本就穿两件黄色上衣。穷的。黄上衣是他母亲用一块绒布做的，当晚他就穿上演讲去了，后来这件黄上衣几乎就是"未来主义"的符号象征。一个作家想把他引荐给朋友，朋友直言不讳，"如果你把黄上衣弄到我这来，我就报警"。他倒是不在乎唾沫和冷眼，就是喜欢穿上黄上衣，就是"为了不和你们一样"。黄上衣代表着新的"美学主张"，是和"城市大众活生生的生活"的美联系在一起的，是和"电车、无轨车、卡车的街道……摩天大楼"联系在一起的，是新生的力量。我看过他20岁的一张照片：头戴一顶黑色的宽檐帽，算是压住了又长又乱的头发。眼睛圆瞪，带着藐视，鼻子像匕首一样向下，鼻下一抹黑胡子，嘴上叼着一根烟卷。这样说吧，他手里要是耍一把长刀，就是个海盗，且比电影里的加勒比海盗文艺很多。他很重视外貌，要是不开口，就紧闭嘴唇，掩饰一口烂牙，可要是开口了，也就顾不得那么多了，滔滔不绝，面对嘘声、跺脚和喝倒彩，直言不讳：

如果你们把自己想象为夜莺，那就朝着巴尔蒙特吱吱叫去吧，我更喜欢工厂和火车的汽笛声。

"未来主义快车"巡演引起不少骚动，在敖德萨就遇到了意想不到的待遇。第一场演讲报告会亲临现场的，就有总督将军（省长）、警察局长、8位警察所长、16位所长助理、25名分局侦查员，另有60位警士在剧院各就各位，50位骑警在剧院外巡逻警戒，生怕诗人们惹是生非。这样的场景着实令马雅可夫斯基兴奋不已。后来，他成了第一个将听众召集到大礼堂和剧院听诗的苏联诗人，全拜这段经历所赐。他将萝卜插在大衣纽扣眼，往脸上画狗和各种符号，在台上潇洒自如，一口烂牙口若悬河，极富侵略姿态。据统计，他在舞台上一共收到了两万多张观众递上的条子，他想回答就妙语连珠，惹他生气了则冷言冷语，挑起争端。

二、"穿裤子的云"遇见缪斯女神

敖德萨——站在塞瓦斯托波尔的西海岸，我隔海相望，轻轻地说出它的名字，因为巴别尔，因为巴别尔的《敖德萨故事》和《我的鸽子窝的历史》。

敖德萨——站在塞瓦斯托波尔的西海岸，我隔海相望，再次轻轻地说出它的名字，是因为玛莉亚，是因为马雅可夫斯基急迫的呼喊：

> 放我进来，玛莉亚！
> 我不能待在街头！
> ……
> 而我
> 全身是肉做的，
> 纯粹是一个人，——
> 我直截了当要求你的肉体！

我曾试想在阿尔巴特街、涅瓦大街发现玛莉亚的面孔，也试想在黄昏的莫伊卡运河边、青铜骑士旁的草坪找到她，但她只能在敖德萨。

让马雅可夫斯基疯狂的玛莉亚，魅力十足，17 岁。他为她失魂落魄。不过，诗中的"玛莉亚"显然是诗人爱恋过的女子的融合体，而他把最猛烈的抒情，全部倾注在了这个名字所蕴含的爱情中。在敖德萨，他没能抱得美人，在彼得格勒的一个房间朗诵这首诗时，旋即被另一个女人的

>马雅可夫斯基与莉莉娅

目光击中了。不，他和她同时被击中了。击中他的，是莉莉娅，深色眸子射出短剑一般锋利的目光，还有她的一头红发，浴火而燃。

真是遗憾，在这座城市停留的时间不够宽裕，要不然我会找到那里，倾听马雅可夫斯基的男低音：

……我可以温柔得让你挑不出毛病，

不是男人，而是一朵穿裤子的云！

他背靠着门框站着，从上衣里面的口袋掏出一个不大的笔记本，扫了一眼，又放了回去，沉思片刻，开始朗诵。他的声音震撼了房间里的人。多年后，莉莉娅回忆，当时，大家都抬起头，目不转睛地注视着眼前的"奇迹"。他的姿态一次都没变过。他没有向任何人投去目光。他抱怨，他愤怒，他嘲笑，他歇斯底里。朗诵完了，他坐在桌边，要茶喝。她赶紧从茶炊里给他倒茶。她的丈夫布里克宣称，即使他再也不写一行诗，也都将是个伟大诗人。那晚，他在日记本上写了一行献词：给莉莉娅·尤里耶夫娜·布里克。从此，他将自己所有最长的情诗和最好的诗，都献给了这个女人。他给她的情书，有125封之多。

我不喜欢这个女人。从一个男人的眼光看她，她也没有多少动人之处。但我试着去欣赏她，站在马雅可夫斯基的一边。欣赏她，才能

理解诗人。无可否认，她是诗人的缪斯女神。她的地位，不可撼动。1915 年，她 24 岁，比他大两岁。一个贪图尝试新体验、渴望随时抒发激情的肉感女人。在与男人周旋时，她不是靠颜值取胜的。有人说她"宁做烈焰，不当温泉；宁愿疾言厉色，也不愿温文尔雅；宁选择才华横溢，也不喜百般技巧"。在她看来，世间之事再大，无非就是地动山摇和欲火中烧。而她的脉搏永远都在急速跳动。她一眼看出眼前的男人粗野而多情，内心的岩浆正待喷发，她又有能力承载、疏导、驾驭滚滚而来的激情狂飙。

这朵"云"来得恰逢其时。莉莉娅与布里克结婚两年后，就开始了分居，但她不会离开他，永远不会。而他面对妻子对诗人的激情，便扮演了一个冷血动物的角色，毫无妒忌，默许自己一转身，妻子即投另一男人之怀。更何况，他也太欣赏诗人的才华了。9 月，他出钱，出版了《穿裤子的云》，诗集印了 1050 册。从此，在这个家里维持着怪异的"三位一体"，偶尔会有一半是海水一半是火焰，总的来说却是不弃不离。多数时间里，马雅可夫斯基陷入嫉妒之中，莉莉娅则我行我素，没有忠诚一说，布里克则平静如水，平衡了三人之间的奇妙的关系。

三、库奥卡拉见证行走的作诗法

一天下午到一家珠宝店去看蜜蜡，与著名的"流浪犬"俱乐部隔街相望。看着那么近，却是一条街，一百年。虽说不见了狗吠，1915 年 2 月的那个声音还是在的。在那里，马雅可夫斯基的朗诵，遇到了攻击和谩骂，他早有准备，因为他在挑衅："知道吗，你们庸俗而又平凡 / 只会盘算怎么更好地填满你们的嘴……"他讽刺了在座的和不在座的"你们"，藐视还在后面："我倒宁愿在酒吧间 / 给妓女呈献菠萝水。"

但是，在芬兰湾的列宾诺，昔日的库奥卡拉，马雅可夫斯基则是另一个样子。

又是一个晴朗的日子。

早饭后步行到"干草市场"
地铁站，坐2号地铁到小黑河
站下车，出来在两个好心的女孩
引领下，坐上开往列宾诺的211
路中巴。一路畅通。一个多小时
后，列宾诺快到了，窗外满眼都
是绿色的树林，云彩就不说了

> 列宾庄园著名的"大门"（范行军摄）

吧，还是大朵大朵的，像肥胖而又懒得减肥的天鹅。我担心坐过站，
盯着路边，等待出现那个看过很多遍的著名大门——看到了！车也停
下来了。其实，这是一个不大的木栅栏门，三根圆木做了门柱，暗褐
色，上面刷成白色的，像是毛笔尖，右边的两个柱子靠得近一些，形
成一个一米多宽的小门。小门在竖着的白木板中间，由红蓝褐绿黄白
的木板，组合成一个木偶式的小人，据说在当地，木偶放在门上可以
辟邪。这时过来一个外国人，聊起来知他是个德国画家，从柏林来朝
拜列宾，先看了莫斯科特列恰柯夫美术馆，再来这里。我们合影，接
着我把镜头对准了大门。当年主人健在时，只要家里有人，这个门与
别墅的门就从不上锁，路过的陌生人走进庄园摇响别墅的手摇铃，就
会受到热情的接待。

走进庄园，沿着一条铺着小石子的路往里走，立刻被浓密的绿荫覆
盖住了，还有悦耳的鸟声，时远时近。1899年5月，列宾买下了这片
庄园，取名"别纳特"，意思是"老家"。走了不远，就见前面一处不大
的开阔地上，耸立着一座白色的木结构三层小楼，楼上三个三角形的阁
楼在阳光下发出耀眼的光。小楼背靠森林，前面和两侧，绿树高耸，花
团锦簇。走进别墅往左拐，来到一间不大的木屋，在这里买票，我们是

最早的访客了。拿到了票，语言不通又遇到了一个小问题，售票员给我们看一个纸板，说着听不懂的俄语，最后好不容易才搞明白，她想确认我们是中国人还是日本人，或是韩国人，好提供语音解说。

　　向右来到第一个展厅，一眼就看到了墙上的那幅画，虽是黑白复制品，我也盯了好一会儿。哦，《伏尔加河上的纤夫》。旁边是放映室，正播放列宾的纪录片，听不懂，径直来到南边的画家书房。这是一间凸出去的房子，南边和东西两侧都有窗户，白纱窗帘拢起，外面的绿意就做了窗台上一些小雕像的背景。有托尔斯泰不奇怪，列宾在雅斯纳亚·波良纳为作家画了很多速写、油画。我从那贝多芬式的发型认出了俄罗斯音乐的拓荒者安东·鲁宾斯坦。房间中央放着一张大写字台，上面有书、本子、几个镜框，一个雕像人物举着灯泡的台灯造型有力，摆在中间，下面是几张纸，应该是画家的书信吧。房间东边立着画家半身雕像。遗憾的是，一道绳子从东到西地拦着，很多展品不能近观，而且还不许拍照。带着遗憾，来到另一个房间，又见到一座托尔斯泰雕像，我不能再无动于衷了，这么多的艺术珍品，不能拍照留下纪念，太对不起千里迢迢赶赴这里了。

　　不行，必须得拍照。

　　情急之下，我冲着馆员大妈，激动地说起汉语："我来自遥远的中国，我是一个作家，我非常敬爱列宾。我和朋友是第二次来到俄罗斯，我希望可以拍到一些珍贵的图片，带回去与朋友们分享。"我比画着拍照的姿势，上前拥抱住她，又对她说："我必须拍照。我要把这里的很多艺术品通过照片带回中国。"

　　她被这突如其来的热情搞蒙了，推开我。但，她笑了。我继续比画拍照的姿势，并再次紧紧地拥抱了她。她笑出声来了。另一个展室大妈在门口看到了这一情形，也笑出声来。这时，大妈开口了，好像是英语"YES"的声音。

"乌拉！"这是我发出的欣喜。可以拍照了，心情放松下来，也就不慌不忙。

但我看遍了故居每一张画、图片及每一座雕像，没有找到列宾为马雅可夫斯基画的那幅画。我一直幻想它的完璧归赵。

1915年夏初，列宾来到附近的楚科夫斯基[1]家里，想听一听马雅可夫斯基的朗诵。作家有点担心，生怕马雅可夫斯基的奇装异服以及嚣张，得罪了德高望重的老人。当时，年轻的诗人和伙伴经常来楚科夫斯基的家聚会、读诗，而这里离列宾的别墅不过5分钟的路，想必，老画家也对"未来主义"有所耳闻。那天，列宾突然就来了，而马雅可夫斯基正在朗诵：

> 我
>
> 金口玉言，
>
> 吐出每个字
>
> 能给灵魂新生，
>
> 能给肉体欢庆；
>
> 可是我告诉你们：
>
> 最微小的一粒活的微尘
>
> 也比我已做的和将做的一切更贵重！

老画家对诗人喊了一声："好，棒极了！"

我在寻找那幅画时，分明听到了这声喝彩。从画家二楼的窗户往外看去，森林的西边就是来时的大道，而路的下面就是芬兰湾了。在那里有一处海滨浴场，沿着海岸向右走，有一道用石头垒成的陡坡，

---

1. 楚科夫斯基（1882—1969）：俄罗斯著名作家、批评家、翻译家。十月革命后开始儿童文学创作。晚年写有回忆录《同时代人》，再现了列宾、高尔基、马雅可夫斯基等作家、艺术家形象。

这里的石头和潮水见证了《穿裤子的云》的诞生：

> 翻遍荷马和奥维德的诗章，
> 找不出我们这号
> 满脸煤烟的人物形象。
> 那也无妨。
> 我知道：
> 一见到我们的灵魂的金矿，
> 太阳也会黯然无光。

在楚科夫斯基 11 岁的儿子看来，马雅可夫斯基作诗不是写，而是边走边念叨。他看过许多次了，而他"写出来是在最后一气完成"。

列宾很喜欢《穿裤子的云》，要给年轻的诗人画像。诗人有点慌乱，连忙说，我还是画您吧。于是，他就画了几张速写，其中一张是列宾和楚科夫斯基在聊天，得到了老画家的赞赏："太像了！别生我的气，这是多么出色的现实主义呀！"老画家回家就准备了一块大画布，邀请诗人到他的画室。马雅可夫斯基受宠若惊，特意剃了一个平头前往，老画家看了，很是不爽，认为诗人的发型很有个性。年轻人安慰老人，头发会长出来的。老画家老大不愿意，将大画布换成了一块小的。遗憾的是，这幅诗人肖像画后来遗失了。

这之后，年轻的诗人和老画家经常见面。晚饭后大家常常到海边和树林里散步，列宾总是让年轻人朗诵

>列宾画室（范行军摄）

流放在 温暖的 西伯利亚

诗。马雅可夫斯基大多都是读的别人的诗，勃洛克，阿赫玛托娃……唉，我实在是想不通，这个家伙可是在很多的公开场合，批评女诗人的作品是"闺房诗"。看来，公开说讨厌是一回事，私下里喜欢就是另一回事了。

库奥卡拉给马雅可夫斯基留下了难忘的记忆，他在自传《我自己》中回忆：星期日"吃"楚科夫斯基，星期四差一点——吃列宾的白菜（因为列宾是素食主义者）。傍晚我总是在海滩上散步，写《穿裤子的云》。

告别列宾庄园，回到来时的路上，正午的阳光有一种烘焙的微甜。往远望去，道路消失在绿色的尽头，那里的一片绿树间，安息着阿赫玛托娃。路西是茂密的森林，森林下是芬兰湾。海水汹涌。就近择一条小路，或是径直钻进树林，往下走，涛声会引领脚步直达海边。我分明听见有人在讲述马雅可夫斯基作诗的样子：

　　　　这要持续五六个小时，每天如此，每天他都沿海边走十二到十五俄里。他的脚掌都被石头磨破了。黄色的粗布上衣被海风吹淡了颜色，太阳早已经融入蓝色，而他还没有停止自己那疯狂的走来走去。

　　　　每天早晨吃过早饭，马雅可夫斯基就来到这里。这里空旷无人，他迈着长腿，在湿滑、陡峭的坡墙上走来走去，一边走，一边挥动手臂，拼尽全力高喊，不这样他听不见自己的朗诵，因为海风海浪的声音很大。

此刻，我的目光穿越森林，来到海边，追上了诗人的脚步和他的大喊大叫：

我

尽管被今天的一代嘲弄取笑，

被编成长长的笑话，

还带着黄色，

却能看见无人看见的

踏过时间的山岭的来者。

在人们的近视眼光截断之处——

率领着饥饿的人群，

头戴着革命的荆冠，

一九一六已经迫近。

而我，是它的前驱；

哪里有痛苦，我就在哪里；

我把自己钉在十字架上，

就在落下的每滴泪里。

>封面上的马雅可夫斯基（范行军摄）

四、我想让我所说的，为所有的人所听见

　　坐上了开往市内的大巴，闭上眼睛，满眼都是芬兰湾的海水，一个人还在岸边徘徊，放声高歌。渐渐地，这个姿态与第一次在莫斯科见到的高大纪念碑，叠化在一起，迸发出响亮的声音："我需要开辟更大的空间，我需要的不是小提琴，而是烟囱。我想让我所说的，为所有的人所听见。"

　　是的，听见。听见诗人之预见："头戴着革命的荆冠"之"迫

170　　　　　　　　　　　　　　　　　　　　流放在 温暖的 西伯利亚

近"——1917 年十月革命果然到来。预见革命是因心里装着革命。1908 年他就参加了俄国社会民主工党（布尔什维克），全身心地投身于政治活动。他怀揣非法读物，在下层民众中散发。他被警察盯上了，三次被捕，关进监狱，最后那次他刚过 17 岁，就被关进了单人牢房。所以，他才会在《穿裤子的云》中对一些书不以为然：

> 任何时候
>
> 我什么都不想读。
>
> 书？
>
> 什么书！

他的藐视在 1922 年的《我爱》里得到回答：

> 舒适的小天地中，
>
> 专为卧房的需要
>
> 涌现出一批卷发的抒情诗人。
>
> 但这种哈巴狗的抒情有什么内容？！
>
> 而我
>
> 却在布德尔克监狱
>
> 学会了
>
> 爱的课程。

诗人瞧不起在纸上赞美俄罗斯的诗人，而他是"用一身皮肉来学习地理——我到处露宿，走到哪里就躺到哪里"，发生在这片大地上的苦难，"就是我的历史教程"。他一开始写的东西极具"革命性"却简直不像诗，一旦"抒情"了又觉得与自己"社会主义的品质"不一致，"便压根儿不写了"。可见，还在少年时，"抒情"与"革命"就在他身上交织、矛盾、斗争、冲突，结果常常是"革命"压制住了"抒情"。对于革命，他义无反顾，"参加还是不参加面对我来说这种问题是没有的。这是我的革命"。

大巴进城又走了几站，我们下车找了一家饭店吃饭，然后前往夏里亚宾故居。

连续走上两座大桥，看着墨绿的悠悠河水，心想：马雅可夫斯基要是知道我是去看夏里亚宾，一定会嗤之以鼻，甩我一身大鼻涕。他对男低音歌唱家没有留下来继续革命，而是选择了出走，毫不留情地予以鞭挞，虽然有人夸他的嗓音，可以与夏里亚宾媲美。走下大桥又想：要是到穆斯塔米亚克去，他的反应又会如何？

1915年，他与高尔基的遇见，可谓是遇见了恩宠。令人遗憾的是，几年后两人的关系由于误会而恶化，始终未能调和。

马雅可夫斯基不无自豪地回忆："到穆斯塔米亚克去。会见了马克西姆·高尔基。我把《穿裤子的云》的几段念给他听。深受感动的高尔基在我的背心上淌了许多眼泪。他听了这几段诗而伤心起来。我微微有些自负。"他的背心上到底有没有高尔基的眼泪，无人见证，但这年2月，在"流浪犬"俱乐部，两个人的见面就有多人在场了。如今在那里，"瘸腿的椅子和破凳子"没有了，但我看得见裹着一身黑丝绒的阿赫玛托娃，总是找不到家的流浪儿曼德尔施塔姆，还有帕斯捷尔纳克说的"热情，柔情，深情"的勃洛克。在那里，马雅可夫斯基与高尔基的会面，是精心策划的。高尔基声誉日隆，几乎与托尔斯泰齐平，"未来主义"者们为能邀请到这样的重量级人物到场，自负而又有面子。他们都换了衣服，穿上了晚礼服。高尔基对诗人语重心长："你这么有才华，不要为小事烦恼不已！"大作家告诫年轻的诗人，他的粗鲁"不过是由于拘谨而已"，"应当和大家多交往"。如果这不过是两

流放在 温暖的 西伯利亚

个人的交心，高尔基对"未来主义"的表态就有些"抬举"之意了，要知道，马雅可夫斯基们正在遭受口诛笔伐。高尔基说：

> 未来主义提琴很不错的，只是生活还未在其上演奏出悲伤的音调。……他们全盘接受生活，包括汽车、飞机。接受生活是重要的品质。不喜欢生活，就造就另一种生活，但请像未来主义者那样接受整个世界。在未来主义者的主张中，有许多多余的、无用的东西，他们呼喊、咒骂，不然怎么办呢？他们有一副好嗓子，就应当抵抗。

这番话，让"未来主义"者们极为兴奋。高尔基非常清楚，他们急需自己的态度，又说："未来主义者的东西很有内容！"马雅可夫斯基和他的团队太需要这种声援了。不能不说，高尔基对马雅可夫斯基独具慧眼。此时，他的颧骨越发地突出了，像两个山崖。1906年他还在柏林，帕斯捷尔纳克的画家父亲就为他画过肖像，颧骨就"显得有些棱角"了。当时的诗坛还没有人意识到眼前的这个张嘴就露出一口烂牙的年轻人，像受伤的狼一样，具有强大的破坏性。他的诗歌的语音不是跟在经典后面咏叹的，而是一种反叛。他掀起的尘埃定要形成一道光环，闪烁世俗之上。

马雅可夫斯基来到穆斯塔米亚克时，高尔基正在写作，接待他的是女主人，她为了不让他寂寞，和他一起到森林里去采蘑菇。他放松了下来，讲起小时候在高加索也采蘑菇，还给女主人读了自己的诗。高尔基很高兴诗人的到来，跟他讲："您一开始就出了名，并且大喊大叫，劲头十足，但您是否有足够的力量？日子还长，时间抓得紧吗？"他的样子像个老大哥，还在送给诗人的《童年》上题了词。不久，诗人回赠《穿裤子的云》："赠给所爱戴的马克西姆·马克西莫维奇。"而

>高尔基

在长诗《脊柱横笛》的题词将"所爱戴的"换成"深切爱戴的"。唉，很难相信两人最后竟然分道扬镳。但诗人承认，高尔基让自己更有自信。高尔基说马雅可夫斯基"更具悲剧性"，在"提出社会良心、社会责任问题时，本身总是明显地表现出俄罗斯民族基础"。这样的评价非同小可。

我们在莫斯科住的民宿，离"马雅可夫斯基"地铁站很近，而从民宿往街上走，路口的马路对面正对着凯旋广场——曾经叫作马雅可夫斯基广场。广场的名字可以改来改去，但他会一直站在这里，双腿岔开，像个大大的 A。我有时会幻想，白日里他高昂着头，看向远方，等到夜深人静，大街上少有人时，他也会偷偷望一眼距这里几百米处的故居，甚至会调皮地跳下来，跑回去干一个晚上的活，黎明前再回来。

莫斯科，应该记住诗人对革命的热忱。

他用诗歌拥护，更用行动拥抱革命。他日日夜夜地工作，又写又画，而且心里有数，"做了大约三千幅招贴画，写了六千首短诗"。他对

>马雅可夫斯基纪念碑背影，莫斯科凯旋广场（范行军摄）

从国外回来的诗人巴尔蒙特说，自己"只写时代的光"，一点不吹牛。为俄罗斯电讯社工作那段时间，他白天在一个没有取暖设备的、冷风嗖嗖的车间里干活，晚上回到家还要画画，遇到了任务紧急，睡觉时要在枕头下放上劈柴，不让自己太舒服，以免睡过了头。1919 年 10 月到 1922 年 2 月，两年多紧张的工作，如果不是一心革命，人早就趴窝了。大量炮制宣传口号、广告诗，吞噬了诗

流放在 温暖的西伯利亚

人很多才华。可是这份工作也保障了诗人的温饱。没有身体谈何革命。

革命。

诗人的革命，意味着对一切因循守旧、故步自封、陈规陋习的斗争，还有对庸常生活里的一潭死水、庸俗腐朽的反抗。爱伦堡[1]说过一句话极为准确："没有革命就没有马雅可夫斯基。"

马雅可夫斯基对革命不知疲倦。意大利"隐逸派"诗人蒙塔莱与他毫不沾边，但一行诗倒是很贴切地用来说明前者的诗歌："不雨则以，雨则倾盆。"他的晚辈诗人布罗茨基说，"还有什么比冗赘的宣传和国家赞助版的未来主义更令人作呕的呢"，但我在这里不厌其烦地谈论的，与其说是马雅可夫斯基的诗歌，不如说是诗人的人生。

>马雅可夫斯基的招贴画

革命为马雅可夫斯基铺就了道路。

马雅可夫斯基"以心的血，使道路欢喜"。

也许住的民宿离他的故居很近，近到能在夜里听到他在房间里走道，嘴里念念有词，就像在芬兰湾那样作诗。我听到了他的最后一首长诗《放开喉咙歌唱》：

> 我的诗
>
> 　　将用劳动
>
> 　　　　凿穿千载万年，

---

1. 爱伦堡（1891—1967）：俄罗斯著名作家，1954 年发表中篇小说《解冻》，1960—1964 年发表《人·岁月·生活》，被誉为"解冻文学"的开山之作。

它将出现，

　　沉重，

　　　　粗狂，

　　　　　　摸得着，

　　　　　　　　看得见……

他，做到了。

我不想说马雅可夫斯基对别人的影响，也不会操心很多人羞于说他对自己的影响，就像与其说《在人间》《钢铁是怎样炼成的》对自己的启蒙，不如说《神曲》《魔山》《卡拉马佐夫兄弟》对自己的引领，更能令人另眼相看——至今，我要是心血来潮想写一些分行的文字，常常会挪用他的"阶梯"，当我沮丧之时，总会吟诵《穿裤子的云》：

我的灵魂没有一丝白发，

也没有老头儿的温情和想入非非。

我声炸如雷，震撼世界，

我来了——挺拔而俊美，

二十二岁。

>马雅可夫斯基纪念碑，莫斯科凯旋广场（范行军摄）

流放在 温暖的 西伯利亚

在黑海，我取走了自己的金羊毛

一、福罗斯湾之后的孤独相伴

从雅尔塔赶往塞瓦斯托波尔的路上，我大多看向窗外。黑海在南，时隐时现。非常奇特，在奥特卡山、海滨大道、燕子堡，看黑海，是奇妙的三种颜色：远海深蓝，近处豆绿，靠近岸边灰白——随着渐渐远离了雅尔塔，黑海呈现着一大片的深蓝。而在马雅可夫斯基眼里：

> 辽阔的黑海，
>
> 　　蔚蓝的波涛。

许是渐行渐远吧，我回头看了看雅尔塔，感慨这里真是又美丽又神秘。俄罗斯文学史，绕不过雅尔塔，普希金被亚历山大一世流放时，骑马到过这里，那是 1820 年 9 月 5 日，这里还只是一个小小的渔村。世界历史，更是绕不过雅尔塔，1945 年 2 月 4 日，斯大林、罗斯福、丘吉尔 "三巨头"[1] 在此聚会，"雅尔塔会议" 成为扭转世界格局的重要一章。

1.三巨头：1945 年 2 月 4 日至 11 日，美国总统罗斯福、英国首相丘吉尔、苏联领导人斯大林，在克里米亚半岛的雅尔塔举行重要会议，史称 "雅尔塔会议"，俗称 "三巨头聚会"。

>基督复活教堂，福罗斯湾

　　这时，感觉车速慢了下来，确实是，司机还将右手抬起，指着窗外的山顶。宁宁坐在右边，一眼就看到了，说那里有个教堂。我向右边探过去，睁大眼睛，就见在一大片灰色的悬崖峭壁上，一座教堂耸立着，也俯瞰着黑海沿岸。这座基督复活教堂看着不大，是因距海平面有400多米高。因为高，夜航船上的人都会向北望，找到这颗"克里米亚之珠"。教堂是为纪念亚历山大三世在波尔基火车灾难中幸存下来于1892年建立。

　　从山上俯瞰黑海，这里就是福罗斯湾了，戈尔巴乔夫的别墅建在这里。1991年8月18日，这位苏联第一任总统在别墅度假时遭到软禁，基督复活教堂也无力挽救他的政治生涯。十年之后的一天，在沈阳，我津津有味地看着他的回忆录《真相与自白》："下午5点钟左右，我被告知，有一小组人已来到别墅，……我感到诧异。"他没有邀请过任何人，而不经他的批准，警卫是不可以让任何人进入别墅区的。他想弄清楚到底发生了什么，要跟莫斯科联系时，发现五部电话，包括战略备用电话都被切断了。他来到凉台上，将发生的事情告诉了妻子赖莎。赖莎说，无论发生什么情况，她都和他在一起。她会的，就像在新圣女公墓，她的墓地旁边空出的位置就是留给丈夫的。话说那些不速之客很快就到了，都是他一手提拔的重臣，他们是来下最后通牒的——"他们出卖了我。……将总统严密地控制起来，不能与外界接触。切断一切通信联系。禁止任何人离开别墅和进入别墅区。……老实说，这是对总统的

流放在 温暖的 西伯利亚

拘禁，是对他的权力的篡夺"。那天夜里，赖莎的日记以这句话结尾：

我很为丈夫担心，为孩子和孙子们的命运担心，真是苦不堪言。

而就在昨天，从里瓦几亚宫寻着涛声往山下走，偶尔从树木的空隙露出一片深蓝，当来到半山腰的一处开阔地，浩瀚的海水又展现出三种颜色：多像人的遭遇，随着时间、地点不同，发生着改变。我想到的一个人，就是戈尔巴乔夫。我看过他的另一本回忆录《孤独相伴》，其中两幅照片令人难忘：一幅是他抵达福罗斯湾的，走下飞机的他拉着一个小女孩，笑容满面；一幅是 8 月 22 日返回莫斯科的，走下飞机的他，面色凝重。

再见了，福罗斯海湾。

但是，它也留在了记忆里。其实，我们都不要忽略已经走过的、正在行走的、将要行走的路途。很有可能，普通的一间房子，狭窄的一条街道，旁边的一座看着不起眼的桥上，就曾发生过某些重大事件，并改变了历史以及时代的进程。

>戈尔巴乔夫的别墅，福罗斯湾

二、黑海北岸的西行

黑海，蓝着，时而是一块巨大的蓝色玻璃，时而是一小块闪亮的蓝宝石，那是从树枝间映衬过来的一点点深蓝的闪烁。

闪烁。茨维塔耶娃的童年在闪烁之间就结束了。1905 年年底，她随同家人从欧洲回国，乘船在黑海航行，先从塞瓦斯托波尔上岸，再到雅尔塔。她这一次回来是因为母亲病重，不想死在异国他乡。

有人从黑海回来，有人自黑海离开。

1919 年 3 月，苏联红军从克里米亚半岛北部攻入，此时，纳博科夫[1]一家躲避十月革命风暴，从圣彼得堡来到雅尔塔已经 16 个月了，而这一次又得从雅尔塔跑到塞瓦斯托波尔，不是躲避，而是逃离：

> 在如镜的海面上，在岸上疯狂的机关枪的扫射下（布尔什维克的部队刚刚占领了港口），我和家人搭乘一艘运载干果的又小又破的希腊船"希望号"动身前往君士坦丁堡和比雷埃夫斯。我记得，当我们船只驶出海湾的时候，我力图把注意力集中在和父亲下的棋上……

多年之后，纳博科夫在《说吧，记忆》中念念不忘的，还有爱恋的女孩寄往克里米亚的那些不可能得到回复的信，怅惘之情如蝴蝶一般，"飞过来飞过去"。在克里米亚时，他把很多时间用在捕捉蝴蝶上，倘若肯下点功夫探寻一下黑海，就会知道黑海之"黑"的含义里，还有着"大"和"可怕"。这片海域的暴风总是突然降临，随后风雨大作。

> 没有一片使乘客呕吐的海
>
> 能够泛起比攸克星海[2]更危险的浪花

自然，他也没有读到过拜伦的这两行诗。否则，他就不会还有心与父亲下棋了。我猜，这是他的一种故作姿态的镇定。但无法镇定下

---

1. 纳博科夫（1899—1977）：俄裔美籍作家，生于圣彼得堡，代表作有《微暗的火》《洛丽塔》等。
2. 攸克星海：黑海前身。

来的，那渐渐远离的岸，就成了故国。

我继续看着黑海。黑海，本可以是茨维塔耶娃和纳博科夫在俄罗斯最南方的，也是最温暖和最大的游泳池，但那黑暗抑或暗黑的波涛，没能在他们身上敷上一层美丽的盐，只是让喧嚣不停地撞击各自的伤口。

灼痛，始终都在。更早一点的灼痛，是在彼得大帝和叶卡捷琳娜二世的身上。

但是，布罗茨基一点都不会去理解或者根本就不同情这两位大帝。1972 年他被驱逐出苏联，流亡使得他拥有了更多的自由，当他来到奥斯曼帝国的故都伊斯坦布尔，走进公寓、商店和咖啡馆，"可以找到一种完好无损的气氛"。年轻的诗人以观光客的身份在这座城市闲逛，会让彼得大帝伤心不已:他梦想着自己的子民是以主人的姿态在这里生儿育女的。

彼得大帝认为俄罗斯的崛起取决于能否得到黑海的出海口。他的思想的最好继承者当数叶卡捷琳娜二世。这个女人相信俄罗斯要想成为强国，南方才是必由之路，而不能控制黑海，俄罗斯通往欧洲的唯一水路就只能是波罗的海了。这太危险了，一旦被封锁，就等于困在了内陆。1776 年，叶卡捷琳娜二世为了实现她的强国梦，忍痛将最得力的忠臣也是最靠谱的情人波将金派到克里米亚，命令他在这里殖民。这个半岛自 1773 年从奥斯曼帝国手里夺来，让俄罗斯在黑海东北岸有了立足之地，于是控制黑海，掌控黑海出海口的君士坦丁堡（日后的伊斯坦布尔），便是俄罗斯觊觎的更大的一块肥肉。但这块肥肉并不好啃。1787 年 1 月 7 日这一天，空气凛冽而清新，58 岁的叶卡捷琳娜二世带着浩浩荡荡的队伍，南下巡视了，但也只能停泊在塞瓦斯托波尔。若干年后，克里米亚战争爆发，英法联军攻陷了这座"至尊的城市"。俄罗斯威风扫地，黑海，仿佛一面深沉的镜子，映照出帝国的没落。似乎也在阐明:黑海，还是不要成为俄罗斯的内海，才好。

在伊斯坦布尔，布罗茨基深知这座城市不属于他，而博斯普鲁斯

>伊斯坦布尔

海峡的海水，比他在雅尔塔捧起来的海水要咸。

在伊斯坦布尔，比布罗茨基晚了 19 年获得诺贝尔文学奖的奥尔罕·帕慕克坦言："伊斯坦布尔的命运就是我的命运：我依附这个城市，只因她造就了我。"

三、在黑海，我取走了自己的金羊毛

第二天早上一起来，我和宁宁就离开酒店，从山洞下到黑海边。岸边此时无人，可以尽情叫喊。宁宁提醒我，范兄，要想游泳，可得抓紧。我也觉得机不可失，也不管有没有泳裤了，赶紧跑向山洞，往上跑一点不轻松，一百好几十个台阶的，有点气喘吁吁。回到酒店房间，找出所有内裤，最后选了一条松紧带相对紧一些、布料沾水不会透明的花纹健将内裤换上，再脱掉袜子，穿上拖鞋，到阳台晾衣架上抓过一条大浴巾，披在身上，照照镜子，就锁门出来。这一阵忙活，身上出了汗，往山洞走时就放慢了速度，还是别着凉了。在山洞里穿着拖鞋往下走，自然走不快，但心还是怦怦直跳。不能不兴奋。宁宁在海边散步，看我回来了，说裸泳也没事儿，现在没人。我说裤衩要是在水里褪下来，那就由它去了，我自裸泳黑海。

可是，真要下水了，又犹豫了。人生地不熟的，水下什么情况一点不知。潜流？漩涡？鲨鱼？昨天中午倒是看见有人游泳了，估计这里不会有鲨鱼。啥也别多想了，既然机不可失，就是深渊，也要跳。将浴巾放到一块干净的石头上，开始简单地做做热身活动，这时过来一个腆着肚子的俄罗斯男人，可能是看我花拳绣腿的在岸边，冲我比画着往下鱼跃的动作，意思就是，你倒往下跳啊。我笑了，也冲他比画着同样的动作。这次，他也笑了，就是不跳。我觉得活动得也差不多了，就从一个扶手处，慢慢下到海里。水好凉。水没胸口，我稳定了一下，猛地向前一扑，投身海里。一旦全身入水，也就没有了顾忌，只管往前游吧。

游吧，游吧，海水拥抱着我，令人浮想联翩，我甚至想到阿赫玛托娃就在远处游泳——当我在圣彼得堡的舍列梅捷夫宫巨大的后花园里，抚摸她的青铜雕像，她忧郁的眼神仿佛是一个启示，带着清凉的温度，那温度与海水的温度是一样的，经过皮肤传递到心里，获得宽广的慰藉。她对自己"野丫头"外号为黑海所赐，感到宽慰。那时她的家有个别墅距离塞瓦斯托波尔3俄里，"我7岁到13岁每年夏天都住在那里"，那总是令人愉快的黑海边的歇暑。后来有人说，"安娜不戴帽子外出，裸着的身子仅罩着一件薄衫，还光着脚。……安娜从高处一跃而下，一游就是两个小时。她形容自己坐在岩石上有如美人鱼，衣服风干后因附着盐分而变得像木头一样硬"。

我向东游去，太阳在海面洒下耀眼的光芒，为深蓝的波涛镀上一道道金边。好久没游了，手臂和大腿十分僵硬，为了防止抽筋，划水的动作必须缓慢。我能感到呼吸急迫，这是亢奋，还有一点紧张。翻转身体，变成仰泳，这样可以得到一点休息。可是，胸口还是急促地起伏。放慢，动作再放慢。闭上眼睛。安娜从高处一跃而下，浪花四起，之后波浪涌过来。唇边是海水的滋味。滋味，比在雅尔塔的岸边尝到的咸，那是舌尖迎着飞溅过来的浪花品味到的。

海的滋味，在海里，才会真的体味。

我游回岸边。与阿赫玛托娃一同出来的姑娘们也在岸边。她们没有未来女诗人的野，这从穿着就看出来了。她们"身穿带乳褡的紧身衣和两条衬裙，其中一条要上浆，还是丝绸的。她们脚蹬橡皮鞋，头戴特制的帽子，在海边泼着水玩"。

再一次把身体投入海里。这一次要游得远一些。再远一些。之后，让自己沉没。

海水越往下越凉。

她也渴望探寻海下藏着的那些不为人知的秘密吧。幸运的是，我比她知道得多一点。我再一次回到岸边，踩着一块石头，探

>作者在黑海游泳

出半个身子。出生晚的人总会站在更高的岸上，感受更多的风。

我上岸了，一边用浴巾擦干身上的水，一边看着岸边坚硬、顽固的岩石——那里，蹲着一个人——蹲在 20 世纪 70 年代早期的一个早上，也是这样的阳光照在他的身上——他蹲着，是让视线更贴近海平面。其实，他想看得更深——这位著名的海洋制图学家维拉德·巴斯科姆，当他站起来时，一个想法也深思熟虑了：黑海深处，尤其是缺氧层可能为海洋考古学研究提供了绝佳的环境。没错。在常人看来，那片冰冷的死一般静寂的海底，未必不是一件好事。当查尔斯·金准备为黑海作一部传记时，同意了维拉德·巴斯科姆的这个观点："水中没有在木头中钻洞的软体生物和其他会毁坏古代船只船壳和骨架的生物。"20 世纪 80 年代后期，发现了"泰坦尼克"号的探险家罗伯特·巴拉德，带领一队人马来到土耳其海岸古老的港口锡诺普，针对周边的

缺氧层进行了研究。一个小型的水下机器人这一次帮了人类的大忙，这次深海探索有很多发现，其中包括一艘5世纪时拜占庭时代的船只，"一些升降索还没有断裂，桅杆上的绳结看上去非常完好，好像这艘船几天前刚刚出航一样"。类似的探海还发现：在黑海西边的保加利亚海岸，一艘更为古老的船的残骸，可能上溯到公元前4世纪，船上装载着许多长耳双颈瓶，还有腌制过的淡水鱼。

> 有可能有史以来，从人类最早的游荡时期到今日，每艘在黑海上航行并沉没的船只——可能总共有万艘船只的残骸——都在海床上保存了下来。

探险家罗伯特·巴拉德这样预测，而我顺应着，想象黑海深处的那些船只，它们的存在证明了"黑海不是俄罗斯的内湖"。这样最好。

上岸。我的肩膀和大腿突然感到疼。无疑，游泳时过于用力造成的。可在海里，并不觉得使劲过猛。疼痛持续，也好。可能，不会再有第二次拥抱黑海波涛的机会了，疼痛会让记忆清晰而深刻。

不错，第一次总是会被铭记。很久很久以前，伊阿宋[1]指挥"阿尔戈"号到遥远的黑海东岸科尔喀斯去取金羊毛，那可能是希腊驶向大海的第一艘船——试问：有谁记得第二艘船呢？

在黑海，我取走了自己的金羊毛，这就是：

经历。

---

1. 伊阿宋：古希腊神话中的英雄，他是王子，在叔叔篡夺王位后，接受指令去科尔喀斯（今日黑海沿岸的格鲁吉亚一带）觅取金羊毛，他乘坐"阿尔戈"号船，历尽艰辛取得了金羊毛。

读透一本好书，不仅仅是"读过本书"
更要"读懂本书"

为了帮助你更好地阅读本书，我们提供了以下线上服务

作者故事 听听作者的亲身经历，读懂文字背后的感情

听懂俄罗斯 戴上耳机，用声音为你呈现异国风采

记录感悟 人人都是文学家，随时记下自己的感悟

人生随笔 静心听散文，让你在生活间隙也能品味人生

微信扫码
加入**读者交流圈**
快来和本书书友聊聊